ケイ・サコヤマ
Kaye Sakoyama

マーガレットと選択
Marguerites, And A Choice

文芸社

マーガレットと選択―目　次

バタフライ・キス

美喜のまつげはとても長くて、彼女を腕に抱いて顔を寄せ合うと、彼女が瞬《まばた》きをするたびに、まつげが頬《ほお》を、蝶《ちょう》がかすめるように、優しく撫《な》でる。洋一は美喜をそんな風に抱き締めて、いつまでも彼女のまつげが頬に当たるのを感じていられればいいのに、と長いこと夢想していた。

それは幼い頃からの夢だった。

日本人にはなかなか見られないいばさばさと音でもたてそうなくらい長いまつげに縁どられたアーモンド型の瞳を持った美喜は、本土に比べて目鼻立ちの派手な故郷の沖縄でも、一等目立っていた。淡い瞳をした彼女は外国人のようだった。実際、彼女にはアメリカ人の血が混じっているのだという。しかし、洋一には基地の粗暴なアメリカ人たちと美喜が同じようには見えなかった。

姉と同学年の美喜を狭い町で時折見かけては、洋一は動悸の激しくなるのを感じたものだった。それは洋一の初恋だったのかもしれない。

美喜はとても美しかったのだ。
そして、昨晩、洋一は彼女と寝た。

美喜の甘い抱擁の中、洋一はまどろみ、いつしか眠っていた。そして、目覚めると彼女の姿はなかった。

ベッドの上で半身を起こし、洋一は自分の狭いアパートを見回した。細長い六畳のそのアパートに、子供の頃から恋焦がれ続けていた女性の姿はなかった。

夢か、と洋一は瞬間考えたが、床に破られたコンドームの包みを認めて、首を振った。

そして、彼は立ち上がり、バルコニーやユニットバスを覗いて回る。

やはり彼女はいなかった。何も告げずに帰ってしまったのだ。

洋一は落胆した。彼女は何も残さずに消えてしまった。メモも、携帯の番号も、メールアドレスも、再びコンタクトが取れるものを何も残さずに消えてしまった。

洋一は溜息をつき、時計を見た。午前十時だった。そして、彼は機械的に部屋の隅にあった電話の受話器をとると、ガールフレンドの美咲に電話をかけた。昨日彼女と食事に行く約束を直前で断って、美喜と会っていたのだ。

洋一の耳元で呼び出し音が五回鳴ると、美咲は電話に出た。

「もしもし」

美咲が呼び鈴がわざわざ五回鳴るまで携帯の前で待っていたのは分かっていた。すぐに出るのはしゃくにさわるのだ。

「もしもし、俺だけど……」

「うん、洋ちゃん」

「昨日はごめんな。……ほら、急にバイト入っちゃって」

「……うん、仕方ないよね。許す」

美咲がそう言うのは分かっていた。大抵のことは許してくれる女なのだ。しかし、鬱憤を蓄積させるタイプだったので、埋め合わせをしてやる必要があった。

「今日はどうする？」

「うーん、お茶でもしたいな」

「わかった。じゃあ、昼飯を食べてから表参道でもぶらつこう」

洋一はそう提案し、待ち合わせ場所を決めてから、電話を切った。

美咲の声を聞いても落胆は消えなかった。昨日の美喜との性交がまざまざと脳裏によみがえってきた。気分はさらに沈んだ。彼女とまた寝たかった。

不思議と罪悪感はなかった。

美咲とは大学の級友で、入学して間もなく付き合い始めてから、もう二年が経っていた。新潟出身の依存心の強い娘だった。洋一は彼女を愛してはいなかったが、一緒にいると心地よかった。そこそこ可愛かったし、言うこともよく聞いてくれた。そもそも愛なんて何かよく分からなかった。

洋一はそそくさと身支度をすると外に出た。アパートのある日吉から美咲と待ち合わせた渋谷までは東横線で一本であり、時間はかかるはずがなかったが、部屋に留まって時の過ぎるのを待っている気は起こらなかった。いなくなった美喜のことばかり考えてしまうのは分かっていた。

美喜の居所をどうやって探りあてればよいのだろう。洋一はそのことに頭を悩ませながら、アパートの建物の立つ高台から所在なさげに坂を下り、商店街を通り、駅へと着いた。駅ビルの向こうには慶應大学の葉を落とした並木が見えていた。

姉に訊くのが最も良い方法だと考えられたが、それも実行に移すのは億劫《おっくう》だった。洋一の姉、麻奈は洋一に先んじて東京の大学に進学してからすっかりと様子が変わってしまっていた。彼女は昔のように快活でよく喋《しゃべ》るタイプではなくなっていたし、まともな人付き合いがあるのかどうかさえ怪しい。しかし、姉が洋一にとっては唯一の美喜との繋がりであった。

麻奈は美喜と同じ大学に進学していたからだ。だが、麻奈とは碌《ろく》に連絡がとれない。二年先行して首都圏にやってきていた麻奈は、洋一や家族が知らない間に豹変し、武器マニアになっており、大学にも碌に顔を出さずに武器の蒐集にあけくれているようだった。両親は金づかいの荒い彼女のことを心配して、洋一にしばしば彼女と顔をあわすようにと電話をかけてきていたが、無駄だった。麻奈は洋一を碌《ろく》に部屋にもあげてくれないのだ。彼女はこの二年間留年を繰り返していた。

洋一は電車に揺られながら、麻奈のことを考えていた。

姉はどうしてあのように変わってしまったのだろうか。

洋一はそう自問しながら、二年前初めて目白にある姉のアパートを訪問した時のことを思い出していた。東京に出てきたばかりで行く当てもまだなかった。アパートを見つけるまでの数日間は姉のところで世話になるつもりだったのだ。両親にもそう言われていた。

そんな上京してきたばかりの右も左も分からぬ洋一を、麻奈は迷惑そうな身振りで部屋に入れると、

「泊まる場所なんてないわよ」

と冷たい声で告げた。洋一は自分の耳が信じられなかった。

姉は変わっていたのだ。彼女の部屋も実家のものと随分と趣を異にしていた。

実家にあった彼女の部屋はもっと女の子らしい部屋だった。可愛らしい小物がいくつもあったし、ぬいぐるみのようなものもあった。色もパステル調のものが多く、少し趣味が悪いと洋一は考えていたものだった。

しかし、東京の麻奈のアパートは趣味の良さ、悪さを超越した次元にある珍妙な部屋だった。子供っぽい色彩やアイドルのポスターなどは、誰でも時が来れば趣向が変わるし、卒業したのだと考えることも出来た。しかし、新しい姉の部屋は武器類で埋め尽くされていた。一般的なもので言えば、金属バットや棍棒、ヌンチャク、スタンガン、パチンコやナイフ、手裏剣などなどがあちこちに転がっていたし、改造モデルガンや、本物なのかは分からなかったが、刀剣の類まであった。麻奈の部屋はそれらの武器類で埋め尽くされ、彼女はそのただなかで繭にくるまれているかのように寝起きしていたのだ。

洋一はなんだか見てはならないものを見てしまった気がして、当惑していた。

親には言えないと思った。戸惑っている洋一に、麻奈は
「用がないなら出て行って。私の生活に侵入してこないで」

とヒステリックに言った。あれは春の昼下がりで、外は晴天で遠くには車の行き交う音

が聞こえていた。だが、麻奈の部屋はカーテンが閉じられ、電灯が部屋に薄暗い灯りを供給していた。

「どうしたんだよ、姉ちゃん。なんかおかしくねえか？」

「おかしいか、おかしくないかなんて、あんたに決める権利はないの。あたしの生活なんだから」

「でも――」

「ああ、うるさいなあ。出て行ってよ！　もう顔は見たでしょう？　充分じゃない。あたしにはあたしの生活があるの。いつまでも子供の頃と同じにしないでよ」

麻奈にそう言われ、洋一は何も言えなくなり、別れを告げて出て行った。何か触れてはならないことがあるに違いない、と彼は思った。それから何度か顔を出したが、姉の様子は変わらなかった。変えることも出来なかった。そうして、いつからかあまり顔を出すのもやめた。なんだか東京って怖いな、と彼は思っていた。

それほどまでに邪険に扱われていてもしばらくは姉を訪ね続けていたのにはもう一つ理由があった。それが美喜だった。同じ大学に進学したのは知っていた。しかし、美喜の話は全くといっていい程姉の口から出てこなかった。どうこうしたいわけではなかったが、なんとなく気になっていた。憧れの女だったのだから。

そうして二年が過ぎ、美咲という心地良い彼女も出来ていた。美喜はおぼろげな記憶となっていた。そんな矢先だったのだ、彼女を見かけたのは。

渋谷に着くと、洋一は改札を抜け、人ごみの中をぼんやりと歩いた。人ごみの中に美喜はいなかった。それが彼を悲しくさせた。

彼はセンター街の喫茶店で紅茶を頼んで、煙草を吸った。美咲が来るまでにはまだ時間があった。そうやって美咲を待っているとなんだか空しかった。なんだかはずれを引いたような気がしていた。

前日、美喜と出会ったのは全くの偶然だった。大学が春休みに入ったので暇だった。だから、別に目的もなく自由が丘に足を運んだ。日吉からだとそこが近場で一番開けていたのだ。

しばらく歩いて回り、商店街でジッポを買った。そして、古本屋に入った。そこはたまに行く古本屋だった。一階にはまれに良い美術書が置いてあり、二階は古雑誌の類が主で文学書なども置いていた。洋一は二階へ行くと買いもしない本をぺらぺらと捲《めく》っていた。タイトルは『エグゾティスムに関する試論』。

洋一があくびをすると、後ろでドアが開いた。店にブルネットの女が入ってきた。

それが美喜だった。洋一にはすぐに分かった。ベージュのカシミアのロングコートを羽織った彼女の美しさにはより一層磨きがかかっていたが、彼女だとすぐに分かった。彼女の瞳を見ればすぐに判別出来る。それ程彼女の目は美しかった。そう思っているくせに、洋一には彼女の淡い瞳が緑なのか青なのか、それとも茶色なのかさえ分からない。

後ろの本棚で文庫本に目を落とす彼女の様子を、洋一は本を持った手をだらりと垂らし、露骨に眺めていた。さすがに不審な男の視線に気付き、美喜も顔を上げた。

「なにか？」

「あの、美喜さんじゃないですか？　俺、金城麻奈の弟の洋一です。って、覚えてないですよね？」

「……ああ、うん、覚えてるよ」

美喜は明らかに覚えてなさそうに目をそらし、話をあわせるようにそう言った。

「……偶然ですね」

洋一はそう言いながら、俺はとんでもなく間抜けなことを言ってるんじゃないだろうか、と自問していた。気の利いた言葉が全く思いつかなかった。

「そうね」

と美喜は微笑し、手にとっていた文庫本を本棚に戻した。そして、

「こっちの大学に来たんだ」

と洋一に向けてというより、独り言を言うように、だが明瞭な声で言った。

「そうなんスよ」

「今、暇なの?」

「はい」

「じゃあ、お茶でもしよっか?」

「はい!」

完全に美喜のペースだった。それから、お茶をして、買い物に付き合って、夕飯を一緒に食べて、バーに行って、タクシーに乗って、家に着いて、そしてセックスした。洋一はその自分の辿《たど》ったルートを正確に思い出すことは出来たが、美喜と具体的に何を話したのかは思い出すことが出来なかった。

彼女を退屈させないように必死で、とりとめもなくつまらない話をしたような気がした。

洋一は冷めたコーヒーを飲み干すと、時計を見た。もう待ち合わせの時間だった。美喜のことを考えていると時間が過ぎるのがあっという間だった。彼は喫茶店を出て、待ち合わせ場所の駅前の電光掲示板の前へと歩いた。混み合ったスクランブル交差点を渡ると、掲示板の前で美咲が待っているのが見えた。彼女は待ち合わせ時刻以前から必ず待っていた。そして、洋一はしばしば遅刻した。

「今日はそんなに遅刻しなかったね」

そう言って洋一を迎える美咲に彼は
「昨日はホントごめんな」

と謝り、彼女の手をとって渋谷の雑踏を歩き始めた。

美咲の話をうわの空で聞きながら、洋一は昨晩の美喜の艶やかな肢体と甘い声を思い出していた。

赤い果肉

洋一は美喜と寝た日の翌日、正確に言えば美喜と寝たのは深夜であったから同日に、美咲と寝た。その行為に罪悪感はなかったが、洋一は失望を感じていた。

人を格付けするのは奇異な行為かもしれないが、美咲の美しさのランクは確実に美喜のそれよりも劣っていた。物足りなかった。昨晩感じたあの燃えるような感覚、早鐘のようにうつ心臓の感覚も、眩暈《めまい》のような感覚も、死を目の前にしたかのような貪欲も生じなかった。

すべては月並みだった。日常だった。それに洋一は失望していた。

「どうしたの？　何か変よ」

事後に美咲にそう尋ねられ、洋一は

「疲れてるんだよ」

とぶっきらぼうに答えた。事実、彼の精神は疲労していた。美喜への想いに焦がれ、疲労していた。これが恋というやつかな、と彼は考え、微笑した。

「何か変」と美咲。

裸体をシーツにくるめ、彼女は脚を伸ばして衣服をたぐり寄せた。彼女は雪国の生まれのくせに寒がりだった。

「変じゃないさ」

洋一はそう言って、彼女を抱き締めた。

「あったかーい」

「だろ」

そうやって洋一は美咲を腕に抱きながら美喜のことを考えていた。

美喜が今何をやっているのかさえ、訊くことが出来なかったことを洋一は悔いていた。残ったのは彼女の美と淫靡《いんび》な性交の思い出だけだった。美喜は姉と同学年であったから、そのままうまく学業を続けていれば、もう今年卒業のはずだった。しかし、そんな単純なことさえ、彼は彼女から訊き出せてはいなかった。覚えているのはどこどこのレストランが旨いだとか、ケーキ屋が云々だとか、洋服のブランドがどうだとか、そういった彼女の個人情報にほとんど繋がらない事柄ばかりだった。実際、洋一は美喜の個人情報を何も訊き出せてはいなかったのだ。そのことに気付いた時、洋一は愕然《がくぜん》とした。

しかし、それなりに楽しかったのだから仕方がない。

その晩は美咲を家に泊めた。本当はひとりになりたかったが、美咲に何かを勘ぐられるのは嫌だった。彼女は半同棲のような生活がしたいのだ。洋一は美咲を愛してはいないくせに、彼女を失うのが怖かった。


翌朝、目が覚めると、キッチンで美咲が朝食を作っていた。味噌汁の香りで目が覚めたのだ。必要もないのにエプロンをした美咲が
「起きたの？」

と声をかけると、洋一は動揺した。一瞬彼女が美喜ではないかと思ったのだ。しかし、それは美咲だった。彼は落胆して立ち上がり、キッチンに行くと、美咲を後ろから抱いた。

「ちょっと、今、料理してるんだから……」

そう抗《あらが》う美咲にキスをした。

これはままごとだ、と洋一はその時思った。

そうして、そこで彼らは交わった。その後、朝食を食べ、洋一は、一ヶ月提出期限の過ぎたレポートを書かなければならないと嘘をついて、美咲を家に帰した。

美喜を探し出す決心を固めていた。

洋一が電話をかけた時、麻奈はバットの素振りを室内で行っていた。ブンブンと風をきる金属バットに麻奈は満足していた。部屋の隅では電話がしつこく鳴り響いていた。留守番電話には設定していない。自分がかける時にだけ使う電話だった。

数十回デジタル音の呼び鈴が鳴った後、電話は鳴りやんだ。

麻奈はあらゆる角度でバットを振り、夏にそのバットで西瓜《すいか》を叩き潰した時のことを思い出していた。いびつに割れた西瓜の中から赤い果肉が現れ出る瞬間に、オーガズムにも似た快感をおぼえたのを彼女ははっきりと記憶していた。

いつかそうなる、と彼女は呟《つぶや》いた。と、再び電話が鳴った。ブンブンとまたバットを振り始める。するとまた鳴りやんだ。母親からかもしれないし、弟からかもしれなかった。しかし、彼女は電話には出なかった。電話に出るのは怖かった。

一時期は電話線を繋いでさえいなかったのだ。彼女は一種の電話恐怖症だった。それは彼女の心的外傷に起因していたが、それを彼女は多くの武器を集めることによって克服した。今では電話の音を聞くぐらいならどうということはなかった。しかし、まだ電話に出ることは出来ない。だから、彼女が、自分から特定の相手に電話をかける時以外は、電話を用いることはなかった。

それに、もしその電話が両親からであれば、厄介だった。心配している両親の声を聞くのは億劫《おっくう》だった。麻奈は彼女と両親の間に越え難い垣根が出来てしまっているように感じていた。彼女は自分の存在が両親を不幸にするに違いないと信じ、ある種の強迫観念を持っていた。だから、両親に沖縄に帰るようにと言われても、内心戻りたいと思っていても、もう戻れないのだ、と結論づけ、自分に籠《こ》もってしまっていたのである。

電話は弟からかもしれなかった（事実、それはそうだったのだが）。しかし、麻奈は弟ともたいして会いたいとも、声を聞きたいとも思わなかった。彼女は弟を信用していなかった。弟は彼女に恐怖を与えることがあった。その根拠はなかったが、洋一の存在自体が彼女を脅えさせることがあったのだ。だから、彼女は弟と出来るだけ顔をあわせたくはなかった。

彼女が大学にも行かなくなり、人ともほとんど会わなくなってから、彼女のアパートを訪ねてくる男といえば、弟の洋一のほかにはいなかった。それ故、弟さえ訪ねてこなければ、彼女は脅えずに平穏に暮らせたのである。

麻奈はバットを片手に受話器をとった。そして、弟の携帯の番号にかけた。

弟を自分のアパートに来させたくはなかった。だから、予防策として電話をかけることにしたのだ。

呼び鈴が鳴ったか鳴らぬかの間に洋一は出た。

「姉ちゃん？」

彼の声は明るかった。

「そうよ」

「家にいたなら電話ぐらいとれよ」

案の定、洋一からの電話だった。そう思うと、麻奈は不快感をおぼえると同時に安堵した。

「余計なお世話よ。電話をとるか、とらないかはあたしの勝手でしょ」

「そうだけどさ。……ところでさあ」

と洋一は出来るだけ明るい声で続けた。彼は自分の鼓動が速まるのを感じていた。緊張していた。しかし、姉にそれと悟られるのは嫌だった。

「なに？」

「あの、姉ちゃんの同級生に美喜さんって、いただろ？　ほら、姉ちゃんと同じ大学に行った……。覚えてる？」

「ああ、美喜ね。それがどうしたの？」

「俺、この間、彼女と会ったんだよ、自由が丘で。……今、美喜さん、何してんの？　もう卒業だよね、たぶん？」

麻奈はもう二年も大学をだぶっていたので、その質問は洋一にとって訊き辛いものであったが、麻奈は淡白に
「知らないわよ、大学に入ってから会ってないわ」

と答え、洋一の希望を砕いた。

「……」

「それだけ?」

「あ、うん」

「じゃあね」

がちゃり、と麻奈は電話を切った。女のことを尋ねるためわざわざ電話をかけてきた洋一に不快感をおぼえていた。麻奈は気をとりなおし、バットを床に置くと、キッチンの出刃包丁を研ぎ始めた。そうしていると、心が癒えた。浄化されていく気がした。

しかし、美喜に大学に入ってから会っていないというのは嘘だった。とっさに嘘をついてしまった。でも、本当のことを言うわけにもいかなかった。それは麻奈自身の現在の存在の在り方に関わる問題だったのである。

大学に行ってから美喜と疎遠になったのは、本当だった。美喜はいつも格好のいい男の子たちに囲まれていた。麻奈は女の子のグループに混じって埋没していたので、美喜との

接点があまりなかったのだ。美喜は綺麗だった。だから、男の子たちが彼女を取り囲むのもよく理解できた。

美喜との付き合いは大学の廊下で顔をあわせたら挨拶する程度のものになり、お互いに東京に出てきてまで同郷のよしみを通すのも格好の悪い気がしていたので、疎遠になってしまったのだ。麻奈が美喜と決定的な再会、お互いの存在を希求しあうような仲になる再会を果たすのは、大学二年の秋になってからであった。

麻奈は東京フェミニスト協会のグループセラピーで美喜と出会ったのである。

そのグループセラピーは強姦《ごうかん》被害者のためのものであり、不幸なことに麻奈もその一人として参加していた。そして、十人ばかりの他の参加者の中に美喜もいた。

勇気を振り絞ってセラピーに参加していた麻奈は、その場に知り合いを見つけ、動揺した。美喜も同じであったのだろう、彼女は麻奈に気付くと、きまり悪そうに目をそらした。

そして、そのセラピーの帰り道、二人は道で顔をあわせ、とぼとぼと並んで歩きながら泣いた。

沖縄から東京へと出てくる時は二人とも希望に満ちていた。しかし、どこかで歯車がずれてしまった。人生は時計仕掛けで、二人のそれは壊れて、針が進んでは戻り、同じ場所から動けないでいた。

その日から美喜は麻奈のかけがえのない友人となった。繋がりのある唯一の理解者だった。

二人ともセラピーに行くのはやめてしまった。一セッション一万五千円と高かったし、カウンセラーたちのすべて分かっているといった態度が気にくわなかった。あたしたちのことを理解なんて出来るはずがない、と麻奈は考えていた。誰も信用などおけない、信用してはならない、と彼女は考えていた。

麻奈は出刃包丁を研ぎ終えると、その鋭利な刃の輝きに満足そうに見入った。そして、その刃を優しく自分の左薬指に押し当て、下に引き、そこから涙のように流れ出た真紅の血を見て、微笑した。

その晩、麻奈は夢をみた。

数日に一度は必ずみる夢だ。それは過去の再現だった。麻奈を苛《さいな》む過去の出来事が再来し、今起こっているかのように彼女を苦しめるのだ。

舞台はいつも同じで、以前暮らしていた江戸川区のマンションだった。季節は夏で、彼女はすやすやと眠っている。そこに覆面をした男が現れる。網戸にした窓から侵入したのだ。彼女は男の侵入に気がついて、目が覚めるが、恐怖で動けない。男はベッドまで静かにやってくる。彼女は震えている。男はこう言う。

「騒ぐと、殺すよ」

男は彼女の喉元にナイフを突きつけ、彼女の自由を奪い、彼女に乱暴をする。手足の自由を奪われた彼女を、男はレイプし、何十枚も卑猥《ひわい》な写真を撮影する。男が腰を動かしている間中、部屋の隅の洋服棚の上にのせられたカメラがそのベッドの様子を収めている。口にガムテープを貼られ、声を奪われた麻奈の頬《ほお》をとめどなく流れる涙をそのカメラは記録していた。彼女は処女だった。

そのナイフは「力」だった。ぎらぎらと輝く刃の圧倒的な力に麻奈は屈し、彼女の自由は奪われた。

明け方に男が去り、全身を縛られたまま穢《けが》れた身体をベッドに横たえ、麻奈が声もなく号泣するところで、いつも夢は終わった。その晩もそうだった。

はっと目が覚め、麻奈は自分の涙を拭った。まだ夜中だった。暗闇が怖かった。だから、部屋の電気はつけて寝ていた。明るい部屋に戻ってきたのを確認すると、少し落ち着いた。

手元の金属バットを抱き締め、麻奈は深呼吸した。もう眠れそうになかった。

麻奈は自身に力を求めていた。だから、武器を集めた。その目白のアパートは彼女の砦《とりで》だった。自分を守るための砦だった。彼女はその砦に閉じこもり、侵入者に脅えて暮らしていたのだ。侵入者があれば、殺してやるつもりだった。何人にも個人を犯す権利などはないのだ。

麻奈は身震いした。そして、夜明けをじっと待っていた。

イノセント

大学の春休みも終わり、洋一の生活は慌ただしく動き始めたが、美喜の行方は杳《よう》として分からなかった。彼女は束の間洋一の人生に現れ、そして完全に消えてしまっていた。しかし、その束の間が洋一には運命のように思えていた。そんな風に激しく人を求めたことはそれまでになかった。洋一は解決しようのない苛立ちに苦しんだ。彼にとって美喜は謎だった。そして、その謎が解ければ、苛立ちも苦しみもすべて消えるのだと考えていた。

洋一は現実生活の平衡感覚を失っていたわけではない。課目登録もきちんと済ませて、必要ならば大学の授業にもちゃんと出たし、恋人の美咲ともそこそこうまくやっていた。そんな日常の仮面の下で彼は美喜を求め、もがいていたのである。だが、その事実は美喜への想いへの不誠実を意味しているのではない（美咲には不誠実であっただろうが）。日常は惰性で動く。慣性に従っているようなものだ。しかし、非日常的な想いの激流は、その惰性の流れより深くを流れているのだ。その奔流は、流れる先を見据えることが出来なければ、表面化して現れないのである。

洋一の美喜への執着は美の希求だったのかもしれない（事実、洋一は美喜の内面的要素を何も知らなかった）。美喜は洋一が人生で見たなかで一番美しい女性だった。彼のガールフレンドの美咲も悪くはなかったが、美しいというよりはむしろ可愛いタイプの女性であった。そのため、彼はどうしても美喜をものにしたかったのだ。美喜と付き合えれば、美咲とは別れるつもりだった。彼は卑怯で、美喜を求めつつも美咲を安全パイとして手元にとっておいたのである。

しかし、美喜は見つからなかった。彼女と出会った自由が丘にも何度も足を運んだが、駅前にも、喫茶店にも、古本屋にも彼女の姿はなかった。そんな風にあちこちで彼女を待ち伏せているのは惨めだった。そして、そのような試みはすべて実を結ばなかった。洋一は自力で彼女を探すのを諦《あきら》めた。

洋一は探偵を雇うことにしたのである。予算が少なかったので、知ることの出来る情報はたかが知れていた。しかし、彼女がどこに住んでいるのかさえ分かれば、上等だった。彼は五反田にある小さな探偵事務所に足を運んで、居酒屋のバイトで貯金した自動二輪を購入するための金をはたいて、依頼内容を告げた。四十代半ばの白髪交じりの探偵は、ストーカーまがいの行動は困りますよ、と洋一に念を押して、依頼を引き受けてくれた。小銭でも金になるなら、法を犯さない範囲で彼らはよくやってくれるものだ。個人情報は購入するものなのだ。

　探偵の仕事は迅速で、洋一の知りたい情報はすぐに分かった。美喜の住んでいる場所、不規則な生活のサイクル、職場、特定の交際相手のいないこと、電話番号、行きつけのバー、食生活、コンビニで立ち読みしている雑誌などなどである。情報を洋一に渡す時、探偵は再び、ストーカーまがいの行動は困りますよ、と確認した。洋一は、はい、と答え、書類を受け取り、礼を言うと、事務所を後にした。探偵が詳しい事情を詮索《せんさく》してこなかったのが、ありがたかった。小さな事務所だったので、客を選んでもいられないのだろうか。

　洋一は自分がストーカー呼ばわりされるはずがないと思っていた。美喜のことを調べた行為自体がそれに値するかもしれないという風には考えられなかった。自分は彼女を愛しているのだ、と彼はそれを正当化していた。

　洋一は早速三軒茶屋にある彼女のマンションへと向かった。大通りから一本入った小さな通りにそれはあった。マンションの存在を確認すると、彼は安心した。

　やっと見つけた、と彼はにんまりした。

　次に彼女の行きつけのコンビニに行き、彼女の読むファッション誌を手にとると、それをぱらぱらと捲《めく》った。そうすると美喜との連帯感が生まれるようで、なんだか嬉しくなった。

問題は彼女にどうやってアプローチするかである。いきなりマンションを訪ねたり、電話したりしては怪しまれてしまう。出来るだけ自然に再会したいと、さすがに彼もそう考えていた。

美喜は二年前大学を中退し、今は六本木で働いていた。水商売だったので、帰宅時間も不規則だし、自然に出会うのは難しそうだった。

そこで洋一は彼女の働いている高級クラブに行こうと思った。しかし、彼にはそんな店に出入り出来るような資金がなかった。なんとかして資金を調達しなければならない。そう考えたが、なかなか簡単に金が儲かる方法などなかった。そうして悶々《もんもん》として、彼は日々を過ごしていた。その間、彼は毎日暇を見つけては三軒茶屋に足を運び、美喜のマンションを陰から観察していた。時折、美喜を見かけることもあった。美喜の姿を見ることが出来るとどきどきした。彼は彼女の出すゴミまで調べて、彼女の生活を把握することで、性的衝動を抑えていた。彼は彼女の生理の周期まで把握するようになった。

探偵に払った金が惜しくなってきた。居酒屋のバイトではなかなか金は貯まらないものだ。両親に余分な金をせびることも出来なかったし、美咲やその他の友人たちと遊ぶ金も要った。何かを犠牲にするのは嫌だった。洋一は自分勝手になっていたが、いざその状況に身を置くと自分勝手だとも思えなかった。

そんな風に半普通人半ストーカーの生活を送っていた洋一に大学のサークルのＯＢの和田から連絡があった。上玉の女子大生を集めて合コンを企画しろという。

和田は広告代理店に勤めているやり手で、非常に忙しい男だったが、遊びに使う金や時間は惜しまなかった。彼に言わせれば、遊びはリサーチなのだという。しばしば洋一などの大学生を使って合コンを企画させ、田舎から出てきたばかりの初々しい女子大生に手を出していた。和田は金まわりが良かったし、外車を貸してくれたりしたので、後輩たちは皆彼を好いていた。

美咲は洋一が和田と付き合うのを好まなかったが、洋一は彼に好意を抱いていた。和田の話は面白かったし、彼には不思議な魅力があった。悪い男なのは知っていたが、悪を周囲に感染させても、それが悪だとは明確に感じさせない不思議な男だった。

和田はサークルのＯＢだったが、サークル自体は何も目的のないものだった。名前を「現代思想研究会」といったが、実情は夏には海に行ったり、テニスをしたり、冬にはスノボをしたり、温泉に行ったりするといった感じで、ただの遊びサークルだった。そのサークルの重要な活動の一つに合コンが含まれていたので、和田からの指令はありふれた日常であった。

「一年生ひっぱってこいよ」

と和田に電話で念を押され、洋一は和田のその精力に圧倒される思いだった。なにしろ洋一は美喜に恋していたのである。他の女にちょっかいを出すのをしばらく忘れていた。美咲とのセックスも必要からやっていたのである。

「もちろんですよ。可愛いの揃《そろ》えておきます」

と洋一は力強く返事をして、電話を切った。今からあちこちに手を伸ばして、女を集めるのは億劫《おっくう》だった。しかし、和田の頼みであれば、やらないわけにはいかなかった。

洋一はサークルの仲間たちとキャンパスをうろつき、なんとかメンバーを揃えた。やってみると、それは別に難しいことではなかった。田舎からやってきた一年生の女の子たちは入学して一ヶ月も経つと、妙に淋しくなり、刺激を求め始めるものだ。彼女たちはいつもふらふらしており、しがみつくことの出来る男を探しているようだった。

合コンは無事開催された。和田の連れてきた業界関係者のオッサンたちも満足したようだった。和田はそうやって業界関係者に若い娘をあてがってやり、コネを作っているようだった。洋一たちはそれに利用されているだけだったが、いずれは自分たちのコネに和田がなってくれるのであれば、それはそれで良かった。別に金がかかるわけではなかったし、損は全くなかったのだ。

「上出来だったよ」

と、後日、和田は電話で洋一を褒めた。時々、現金での見返りがあることもあった。しかし、その見返りを毎回期待するわけにはいかなかった。和田は歳の離れたカジュアルな友人だったのだ。ビジネスになってしまえば、彼の人生というゲームから弾き出されてしまうような気がした。しかし、洋一は思い切って口を開いた。

「……あのぉ」

「なんだよ？」

「六本木の『M』って店、行ったことありますか？」

「『M』か？　行ったことはあるけど、あそこは高いぞ。クラブはクラブでもお姉ちゃんの出るクラブだから、おまえらの行くクラブとは種類が違うんじゃねえか？」

「はあ、そうなんスけど……ちょっと事情があって」

「女か？」

「はい」

洋一は和田に一目惚れした女がそこで働いていると事情を説明した。和田は笑って、

「若いな。しかし、あそこは出入りにちょっとした紹介が要る店だぞ。芸能人なんかもよく使ってるしな」と言った。

「……紹介してもらえないっスよねぇ」

そう言う洋一に和田は少し考えているように効果的な沈黙を作り、

「……今回の合コンもうまくやってくれたし、条件つきなら、紹介してやるし、金も出してやってもいいよ」

と最後に秘め事を話すように言った。

洋一は救われたような気がした。広告代理店の和田を連れて店に行けば、印象も良いはずだった。まだ学生だったが、自分のちょっとしたコネを美喜に見せることが出来ると思うと肩の荷がおりたような気分だった。洋一は彼自身が美喜とは釣り合いがとれないのではないかと内心脅えていたのだ。

「条件って、何ですか?」

「条件か?　ああ、条件は……」

和田はまだその条件自体を考えていなかったのか、言いよどみ、少し考えてから、

「……おまえの彼女とやらせること、だよ」と悪びれずに言った。

洋一は困惑した。一瞬、和田の言っていることが彼のよくやるブラック・ジョークというやつなのか、と考えた。美咲とやらせろ、というのは、セックスをさせろという意味だ。和田が一体どういう神経をしてそれを言っているのか分からなかった。洋一は美咲が和田に抱かれている姿を想像した。いつものようにベッドの上で喘ぎ声をあげる美咲、しかし

その快楽に歪む顔を見下ろしているのは自分ではなく、電話の向こうで彼の返事を待つ和田だった。

洋一は沈黙した。

「嫌か？」

和田はそう訊いた。

「……はあ、ちょっと突然なもんで」

美咲を和田に抱かせるのは嫌だった。しかし、和田にはそんな曖昧《あいまい》な返事をしてしまう。美咲は俺のものだ、他人に彼女を抱かせるのなんか嫌だ！　嫌だ！　嫌だ！　と彼は頭の中で叫んでいたが、仲間意識で繋がった先輩を白けさせるのが怖かった。だから、和田が、ジョークだよ、と笑って発言を取り消してくれるのを待っていた。

「愛してなんかないんだろう？」

「和田さん、美咲のこと好きだったんですか？」

「まさか。ゲームだよ。シチュエーションに燃えるんだ。おまえだって、そうだろ、美咲ちゃんなんてどうでもいい。その『M』で働いている女のところに行きたいんだから」

「はあ……」

「心配するなよ。おまえを悪者なんかにさせやしないよ」

「どういうことですか?」

「おまえは何も知らない振りをするだけでいい。後はこっちでうまくやるから。おまえは大切な友達なんだから、俺がおまえを悪くするわけなんてないだろ? おまえは罪悪感を抱く必要もないし、仮に落ち度があるとしたら、それは美咲ちゃんにあるってことにすればいい。おまえは被害者になるんだよ」

和田はそう早口に喋《しゃべ》った。和田の声は悪魔の声だったが、彼のバリトンは魅惑的だった。

「被害者っスか……」

「そう、被害者だ。おまえは加害者じゃない。イノセントだよ。何も知らない部外者だ」

そうやって、電話で話しているうちに洋一は和田に説得された。そして、彼は和田に自らの恋人を売ったのだ。勿論、美咲が和田に抱かれるのには虫唾《むしず》が走る思いだったが、それ以上に美喜にきちんとした形で会いたかった。美咲に害を加えるのは自分ではない、と彼は何度も心に唱えていた。美咲は大丈夫だ、美咲は大丈夫だ、美咲は大丈夫だ、美咲は大丈夫、美咲は、美咲は、お、俺は大丈夫だ……。

そうしてある七月の晩に洋一のアパートでそれは起こった。

洋一と美咲がテレビを観ていると、和田が洋一の後輩の直樹を連れてやってきた。二人は十数本の缶ビールとつまみのスナック菓子を持ってきていた。そして、突然であったが、酒盛りが始まった。和田は紳士であったし、直樹も面白い話題で盛り上げた。美咲はその場の雰囲気に打ち解けたようで、酒が進んでいた。洋一だけが、背中に汗をかいていた。顔面蒼白で、楽しそうに笑う美咲の顔をまともに見ることが出来なかった。だから、ビールをひたすら飲んだ。じきに酒が少なくなってきた。もう皆酔っていた。美咲も脚をだらりと伸ばして、ベッドに凭《もた》れかかっていた。キャミソールの肩紐が落ちかけていた。

「俺、ビール買ってきますね」

と洋一は声を震わせて立ち上がった。

「おお、頼む」

和田はポケットから財布を取り出し、一万円札を抜き取ると、洋一に手渡した。

「俺も持つの手伝いますよ」

そう言って直樹も立ち上がった。

「酒売ってるコンビニ、少し離れてるんで、ちょっと時間かかりますけど、出来るだけ早く帰ってきまーす」

と洋一は出来る限り明るい声を作り、直樹を連れてアパートの外に出た。ドアを閉める直前に美咲が、いってらっしゃーい、と手を振ったのには答えなかった。彼女に背を向けた瞬間に洋一の頰《ほお》を涙が伝っていたのだ。ドアを閉めると、彼は連れの直樹に涙を見られぬように走った。俺は悪くない、俺は悪くない、と呟《つぶや》きながら。
直樹はすべてを知っていたので、洋一に追いつかない程度に追いかけてきていた。

洋一のアパートで、いつも洋一と寝ているベッドの上で、美咲は和田に強姦《ごうかん》された。抗《あらが》っても無駄だった。酔っていて力が出なかったし、和田の力は美咲のそれを遥《はる》かに上回っていた。声をあげたら、口にタオルを詰めこまれ、言葉で脅された。涙がぽろぽろと出てきた。しかし、和田は力を緩めなかった。洋一の就職のことで脅された。諦めて、力の抜けた美咲のぐったりとした身体から下着を脱がし、和田は挿入した。乾いた膣がじきに円滑になった。美咲は早く終わってくれるように願った。しかし、和田が射精するまでの時間は永遠のように感じられた。そして、とうとう射精の段になると和田は立ち上がり、美咲の顔に白い精液をぶちまけた。もうどうでも良かった。美咲はバスルームに行って、顔と膣を洗った。精液をかけられた顔はねとねとして、いくら洗っても精液がおちきらないようだった。乱暴に揉まれ、吸われた乳房も汚れている気がした。だから、彼女はシャワーを浴びた。シャワーを浴びていると、ドアが開き、和田が顔を出した。美咲はがたがたと震えていた。また涙が溢《あふ》れてきた。すっかり脅えきった美咲の全裸を満足そうに見て、和田は話し始めた。

「綺麗な身体だねえ。……君さえ、黙っていてくれれば、すべて丸く収まるよ。洋一には秘密にしておこう。第一、あんな格好で誘ってきてたのは、君の方だろ?」

「そんな……」

「洋一は許してくれないと思うよ、俺たち二人とも。黙ってるのが一番だよ。まあ、美咲ちゃん次第だけどね、すべて」

そう言い残すと和田はドアを閉めた。身体を拭って、衣服を着、バスルームから出ると、和田は煙草を吸っていた。同じ服を着ているのは気分が悪かった。しかし、服を着替えていると、洋一に怪しまれてしまうと思った。

美咲はすべてを忘れてしまおうと、その時、決心した。

瞳の中の琥珀

美喜は自分にストーカーがいるのには気付いていた。

怪しげな男が彼女の身辺を嗅ぎ回っていたのをクラブの従業員が教えてくれていたので、何か起こる予感はしていた。その怪しげな男は中年だったというので、以前店に来ていた客が怪しいとはじめは考えていた。心当たりはあった。随分派手に金を使っていた実業家の男が不況のあおりを受けて破産し、六本木を去っていた。その男ではないかと思ったのだ。金で虚勢を張る男ほど、その後ろ盾がなくなったとたんに妙な行動に出始めるものだ。

じきに彼女のマンションの周囲を頻繁にうろつく男が現れた。ゴミも荒らされ始めた。彼女は気味が悪くなった。クラブの店長に相談すると、帰宅する時だけでなく、出勤時にも迎えを寄越してくれるようになった。それでも安心は出来なかった。ストーカーの姿が見えないのが怖かった。誰がやっているのか分かりさえすれば、彼女は安心出来るはずであった。

男は皆臆病者だ、と美喜は考えていた。ストーキングをするような男はその臆病者の中でも一等臆病な奴だ、と。男たちが彼女の身体を欲しがることは分かっていた。それを表明出来もせずに、うろうろと阿呆《あほう》のようにマンションのゴミ置き場でゴミ袋を漁っているなんて愚の骨頂であった。彼女は多くの男と寝る女だった。だから、そんな回り道をすること自体が愚かだったのである。

美喜は自分にその気味の悪さを与える男の正体を見極めてやろうと考えた。それを実行するために彼女は何ら特殊な手段を講じはしなかった。彼女は在宅中に時折マンションのゴミ置き場をベランダから覗いただけである。そして、或る日、彼女はとうとう自分の出したゴミ袋を漁っている男の姿を見た。その日は晴れていて、上方からでもその男の顔ははっきりと判別出来た。そのストーカーの男は伝えられていた中年男ではなく、若い男だった。

その青年の顔に美喜は見覚えがあった。寝たことのある男だった。

美喜は眩暈《めまい》がした。

ストーカーは金城麻奈の弟だった。つまり、洋一である。親友の弟と寝たこと自体に一種の罪悪感を彼女は持っていた。だから、麻奈には彼女の弟と寝たなんて言わなかった。しかし、一回きりでそれからは会っていない。彼の人生からは永遠に姿を消したつもりだった。麻奈との関係にひびが入ってしまうかもしれない。そう考えると、美喜は自分をストーキングしている洋一が急に憎くなってきた。

ストーカーが洋一だと確認出来ると、もはや恐怖も気味の悪さもなくなった。だから、彼女は洋一の存在が疎ましかったが、そのうち消えてくれるものと考え、彼を放置した。妙な行動に出れば、完全に打ちのめしてやるつもりだった。当面は麻奈との関係を考え、何もするつもりはなかった。

ところが、洋一は妙な行動に出た。

彼は店に現れたのだ。学生の来るような店ではない。チャージも酒も高いし、第一、洋一のような金のなさそうな男はエントランスではじかれるはずの店なのだ。洋一は和田に連れられてやってきていた。美喜は和田とは面識があった。広告代理店に勤めている男で、あちこちからキックバックを受け取っているという噂があった。

美喜は和田とも寝たことがあった。チップをたんまりはずんでくれたので、よく覚えていた。セックスは上手かったが、冷静で、紳士的な優しさがどこか非人間的で冷たかったのを覚えている。和田に抱かれた夜、この男は女にいれあげることはないのだろうな、と美喜は考えたのだった。

はぶりの良い和田の連れとしてやってきたのだから、洋一は中に入れたのだ。そして、美喜を指名してきた。美喜はそのテーブルにつかないわけにはいかなかった。

「ひさしぶりだね、香織ちゃん」

テーブルに行くと、そう和田は声をかけた。『香織』は店での美喜の名前だった。美喜は挨拶をした。

「今日はこいつの相手をしてやってくれよ」

和田は洋一を肘で小突いた。

「お願いします」と洋一。

美喜は洋一を冷たく一瞥して、和田の隣についた。しかし、和田は立ち上がり、

「ママー、俺は違う席で他の娘をつけてくれよ。今晩は香織ちゃんは俺の連れの指名だからさ」

と少し離れた場所でフロアを見回していたママに声をかけた。そして、彼は数人のホステスを連れて奥の個室へと移動していった。

洋一と美喜は同じソファで少し離れて座っていた。店は薄暗く、心地良いボサ・ノヴァが流れていた。

二人はしばらく黙っていた。

洋一は意を決したように美喜の隣に座った。

「何しに来たの？」

美喜は怒ったような声で洋一にそう訊いた。

「……」

洋一は戸惑った。もう少し優しく迎えられるかと想像していたのだ。しかし、美喜は怒っているようだった。その声の冷たさに、彼は打ちのめされた。

「どうして来たの？」

「どうしてって……」

「なんで、ここで私が働いてるの知ってるの？」

「それは……それは、偶然だよ。ほら、さっきの和田さん、知ってるでしょ？　あの人サークルのOBなんだ。先輩だよ。それで連れられてきて、偶然――」

「馬鹿じゃないの」

「……」

洋一は何も言えなかった。ここまで美喜が冷たい態度をとるなんて予測していなかった。本当なら今頃楽しく会話して、デートの約束でも取り付けているつもりだったのだ。

美喜は黙ってテーブルの上のグラスに氷を入れて、水割りを作り始めた。洋一はその彼女の仕草をじっと見ていた。彼女はやはり美しかった。洋一は美喜に冷たくされても彼女を恨むことは出来なかった。

「はい」

と美喜は嫌々そうに洋一に水割りのグラスを手渡した。洋一は恐縮して
「ありがとうございます」

「一応、客だからね」

と美喜は吐き捨てるように言った。

「ただの客っスか……」

洋一は失望して頭を垂れた。美喜はその様子に苛々しながら、

「ただの客以下よ。あんた、私と一回寝たからって、勘違いしないでよね」

と付け加えた。洋一のもじもじした態度を見ると虫唾《むしず》が走った。

「あれは、あれは、じゃあ、何だったんですか?」と洋一。

「あんなの何でもないわよ。一回寝たぐらいで、私の男気取りなわけ? 頭おかしいんじゃない?」

洋一は黙った。泣いてしまいたかった。言いようのない敗北感が彼を満たしていた。

美喜はその親友の弟を軽蔑し始めていた。やはり彼も他の男たちと何ら変わりのない平凡な男だ。麻奈の弟という属性を除けば、彼を相手してやる価値は全くといっていい程な

かった。この男も私の身体だけが目当てなのだ、と美喜は思った。そして、この男は再び私を抱くのに色々と手段を講じてこそこそと裏で計画を練っているのだ、と。事実、そうであった。だから、美喜は一度はその身体を洋一に許したくせに彼を拒絶していた。彼女は傍から見れば気紛れに男と寝た。その数多くの男たちの一人に洋一は選ばれた経験があるだけだった。そして、彼女の身体に再びありつけるかどうかは、これも彼女の気分次第なのであった。

洋一は水割りを飲み干した。美喜は再び水割りを作り始める。

「美喜さん、俺、美喜さんのことが好きです。好きなんです」

洋一はそう言って、氷へと手を伸ばす彼女の腕を掴《つか》んだ。美喜はテーブルにグラスを戻し、やんわりと洋一の腕の呪縛から逃れると、

「馬鹿じゃないの」と彼の目を覗きこんで言った。

彼女の瞳の色は緑だった。間接照明の光が彼女の瞳の中に琥珀《こはく》色の結晶を作っていた。

「本当なんです。あなたを愛してます。ずっと美喜さんのことが好きだったんです、子供の頃から、ずっと……」

「馬鹿じゃないの。……私の何を知ってるっていうの？　それで私のことが好きだなんて笑っちゃう。本当、馬鹿じゃない」

「でも、もっと深く知り合えば、きっと分かってもらえる。何だかよく分からないけど、美喜さんのことが好きなんです。……教えてください、美喜さんのこと」

「馬鹿らしい。誰も私のことなんて分かりはしないのよ。私もあなたのこと知りたいとも思わないし」

「そんな……」

洋一は美喜の瞳を見つめた。美喜の目はまっすぐで頑《かたく》なだった。洋一が、もう駄目だ、と視線を落とそうとした時、彼女は微笑した。

「っていうか、あなた私とまた寝たいだけなんでしょう?」と美喜。

「寝たいだけなんて、そんなことないですよ」

「じゃあ、セックスなしでずっとやっていける?」

「それは、それは極端ですよ」

「ほら、ごらんなさい。あなたはセックスしたいだけ。また私とやりたいと思ってる。またこのおっぱいが吸いたいんでしょ?」

と彼女は自分の乳房を服の上から両手で持ち上げ、身体を傾け、洋一の腕に押し付けた。豊満かつ柔らかな乳房の感触に洋一は唾を飲み込んだ。確かにそうしたかった。しかし、言葉が出てこなかった。どういった返答が正しいのか、見当もつかなかった。美喜には普通の口説きの作戦を実行しても、通用しそうになかった。酒に酔ったわけではなかったが、洋一の頭はくらくらしていた。

美喜は洋一をうっとうしく感じていた。正直でないのが、気にくわなかった。身体だけが目当てだと素直に認めれば、今夜店が終わった後にまたやらせてやってもいいとまで彼女は瞬間考えていたのだ。それは彼女の悪い癖だった。彼女はその癖に何度も抗《あらが》おうとしたが、最後は決まって見ず知らずの男とベッドインしてしまうのだ。洋一が返答に窮しているのを察して、彼女はこう言った。

「セックスしたいんなら、いいよ。でも、それだけだよ。愛してるとか、変なこと言って、私の生活に侵入したりしないで」

「……」

「あなた私のことストーキングしてるでしょ」

「ストーキングだなんて……。してないですよ」

「私、見たのよ、あなたがゴミ漁ったりしてるの」

「違う！　それは俺が美喜さんのこと愛してるから」

「それをストーキングっていうのよ」

「違う！」

「違わないわよ！」

洋一はうろたえていた。自分がストーカーだなんて、信じることが出来なかった。洋一の頬《ほお》を涙が伝った。

「違うんです。俺は、俺は、美喜さんのことをもっと知りたかったから……。ストーカーなんかじゃないんです。愛してるんです、愛してるんです、あなたを」

「やめてくれるよね？」

洋一は頭を抱えて、あたかも現実を受け入れたくないかのように首を振った。

「麻奈だって、悲しむよ……」

「姉ちゃんは関係ない！　僕は美喜さんが好きなだけなんですよ！」

「やめてくれるよね？」

美喜はそう繰り返すと洋一の手をとった。彼の手は小刻みにぶるぶると震えていた。美喜はその手をゆっくりと優しく洋一の股間に持っていき、そこをさすりながら、

「やめなければ、セックスもなしよ……」

と囁《ささや》いた。

美喜は愛だとか言ってしつこく主張する洋一に憎悪を感じていた。その概念は彼女の自己に侵入してくるようで恐ろしかった。彼がそれを本心から語っているとは思わなかった

が、その発言自体が罪であるかのように思えた。身体はいつでも許すことが出来た。身体がどう弄ばれようが良かった。しかし、心への侵害は許せなかった。自分の心を押し付けて、他人の心へと侵入しようとする行為は許せるものではなかった。

美喜はテーブルに隠され死角になっていたので、洋一のジッパーを下げ、じかに洋一の男根を握り、それをゆっくりと、そして時に激しくしごいた。そして、彼女は洋一の耳元で

「やめてくれるよね?」と甘い声で訊いた。

「……はい」

洋一はびくりと震え、美喜に屈した。その返事を声にした瞬間に洋一の美喜の恋人になるという夢は終わりを告げた。その地平からは対等な人間関係の可能性が引き抜かれてしまったのだ。

穏やかな海

あの晩、洋一が美喜と再会したあの晩、美喜は洋一に身体を許した。ストーカーと寝るなんてクレイジーだと、思う人もいるかもしれないが、彼女はストーカーと寝た。それは彼女の自衛行為の一つだった。しかし、それはストーカーの洋一が、頭がいかれて、彼女に害を加えることから身を守るために行われた自衛行為ではない。それは洋一が彼女の精神的プライヴァシーを侵さないためになされた自衛行為であったのだ。美喜は肉体を捧げて精神を守ったつもりだったのだ。

時折、美喜はすべてがどうでも良く感じた。自分がどうなっても良かった。しかし、無性に淋しくなる時もあった。ひとりぼっちが妙に怖くて、意味もなく笑ってみたりもした。しかし、孤独は癒されなかった。どれだけ多くの人に囲まれていて、ちやほやされていても、自分は孤独だと感じていた。

そういった感傷は幼い頃から感じていた。彼女の家庭には父親がいなかった。母親が苦労して彼女を育ててきた。父親が誰かということは分かっていた。米軍づきの牧師で、美喜が物心つく前には、中東に派遣されてもういなくなっていた。死んだのではない。美喜と彼女の母親を捨てていったのだ。もともと国に妻と子供がいたらしい。何枚か写真が残っている。その写真の中で母を抱く上機嫌そうな青い目をした白人の姿を、美喜は怨恨の目で見つめたものだった。その父親に似ている自分が嫌だった。彼女は私生児だった。

沖縄には美喜のような子が何人もいた。しかし、人種に対して周りが寛容であったわけではない。美喜はその外見のために苛《いじ》められた経験もあったし、特別扱いされて居心地悪く感じたこともあった。私生児であったので、白眼視もされた。敵国の男と寝た母のことでもなじられた。幼い頃から彼女は局外者として生きてきたのだ。

しかし、美喜を現況に追い込んだのは、その生い立ちだけではない。彼女はそれでも大学まではなんとか周りとリズムをあわせてやってきた。彼女を決定的に変えてしまったのは、大学二年の時に経験した同級生たちによるレイプである。

大学に入ると、彼女はもてた。かつてはいじめの対象でしかなかった彼女の外見は今や武器になり、彼女の周りには多くの男たちが群がっていた。美喜は美しくなっていた。彼女はそれ程までにちやほやされたことがなかったので、調子に乗っていたのかもしれない。ルックスの良い男たちの取り巻きを作り、他の女子学生たちの反感を買っていた。男たちは皆彼女の身体が目当てで、女友達はいなかった。彼女に友人はいなかった。しかし、そのことに美喜は気付いてもいなかった。

ある晩、取り巻きの一人の金持ちの息子の家でパーティがあるので呼ばれた。田園調布にある彼の実家でだった。頭も顔も良くて、親は芸能人で金も持っていた。すべてを生まれた時から持っているような男だった。そういった男たちが美喜の周りには何人もいた。彼女は劣等感を感じると同時にそういった男たちに囲まれていると気分が良かった。

美喜を除けば、パーティには男しか来ていなかった。その状況は不自然だったが、美喜はそのことには気付かなかった。その頃までにはずっとそういった状況が学校でも続いていたのだ。彼女が女王のように振る舞い、男たちは言うことを聞く。そして、他の女子学生たちは遠巻きにその様子を見ている。そういった状況に彼女は慣れていた。

ところが、その晩は美喜が女王様ではなかった。命令をくだす方ではなく、くだされる方に彼女はいたのだ。

田園調布の豪邸は庭園のある和風の館だったが、広い地下の洋間があった。そこにはたくさんソファがあり、カラオケ施設がついていた。パーティは穏やかに始まった。ワインやビールが振る舞われ、デリバリーで頼んだ食べ物が次々に運ばれてきた。そこには七人の男がいた。パーティといっても規模の小さなものだったのだ。七人、だったのを美喜ははっきりと覚えている。いずれの男たちも顔見知りだったし、その晩彼らがしきりに、俺たちは七人の侍だ、と口走っていたからである。

ほんのりと美喜が酔い始めると、男たちの一人、そのパーティの主催者である芸能人の息子が彼女の太腿に手を伸ばしてきた。そして、手を太腿の上に置くと、いやらしい手つきでそれを撫《な》でた。美喜はミニスカートをはいていた。夏の夜だった。

「ちょっと、やめてよ」

と美喜は彼の手を払いのけた。

「いいだろ」

と芸能人の息子は今度は彼女の肩に腕を回し、胸を揉んだ。

「やめてったら！　酔ってるの？」

美喜は彼の腕の呪縛から逃れ、ソファから立ち上がった。周囲の会話のざわめきは沈黙に変わった。皆、ぎらぎらした眼差しで美喜を見つめていた。彼女は急に短いスカートが心細くなってきた。

「酔ってなんかないよお、美喜ちゃーん」

と他の男が彼女を後ろから抱いて、彼女を羽交い締めにした。美喜は即座に逃れようとするが、男の力が思った以上に強くてそれもかなわない。

「ちょっと、ふざけないでよ！」と美喜。まだ信じられない。

「ふざけてなんかないよー」

そうまた別の男が言いながら、美喜のスカートを捲《めく》る。黒の下着が露わになった。男たちは喝采した。

「やめて、やめてったら！」

美喜は足をじたばた、もがいた。するとまた別の男が手を伸ばし、彼女の胸を揉んだ。彼女は悲鳴をあげた。男たちは笑っている。そして、芸能人の息子は上機嫌でこう言った。

「地下だから聞こえないよ。それにカラオケついてんだぜ、この部屋。防音してるに決まってんだろ」

「どうして、こんなことするの？」

美喜は泣いていた。男たちの一人が懐からナイフを取り出し、がたがたと震える彼女の上着をゆっくりと下から裂いていった。

「お願い、お願い、許して！」

「嫌だね、俺たちは侍だから」

「そうだ、そうだ、セブン・サムライだ！　ハハハ！」

男たちはどっと笑った。恐怖しか美喜にはなかった。

「何でもするから！　許して！」

「何でもするなら、俺たちをここで喜ばせろよ！」

男たちは美喜を押し倒した。圧倒的な力が彼女を屈服させた。抗《あらが》うと殴られた。そして、彼女は繰り返し、繰り返し、朝まで犯された。辺りには、セブン・サムラーイ！ という奇声が何度も木霊《こだま》した。彼女は男たちの精液を浴びせられるうちに考えることをやめた。そうでもしないと耐えられなかった。その凶行のはじめのあたりで彼女は自分の犯される姿がビデオに撮られているのに絶望したが、それもじきに目に入らなくなった。彼女は完全に考えるのをやめたのだ。しかし、まぐろになっているわけにはいかなかった。男たちは自分たちの命ずる通りに彼女がしなければ、彼女を殴ったり、蹴ったり、ナイフで脅したりした。だから、彼女は命令通りに服従しなければならなかった。目を瞑《つぶ》ってはいけなかった。彼女はその現実を見据えなければならなかったのだ。たとえ目を瞑っていたとしても、何度もたかれる写真撮影用のフラッシュの光で彼女は現実へと戻されただろう。

そして、翌朝、彼女はぼろぼろの身体を文字通り引きずって帰った。身体のあちこちに青痣が出来ており、ふしぶしが痛んだ。

帰り際に芸能人の息子にもう一度犯され、こう脅された。

「ちくったら、どうなるか分かってるだろ？ ハハハ。……そもそもおまえだって知ってて来たんだろ？ 悪いのはおまえさ。お互いに楽しんだんだから、恨みっこなしだぜ。これからも頼むよ。長い付き合いでいこうや。妊娠してたら、遠慮なく相談しろよ、金ならあるから」

芸能人の息子は彼女の膣から流れる自分の精液を掬《すく》って、それを笑いながら彼女の顔に塗りつけた。彼女はその顔のまま外に放り出されたのだ。

その朝から彼女は本当にすべてがどうでも良くなった。でも、その男たちの奴隷になり続けるのは耐えられなかった。だから、彼女はすぐに引っ越した。大学にもそれ以来行かなくなり、退学した。将来のことも考えなくなった。どうでも良かった。本当に自分なんてどうでも良くなった。

美喜は強姦《ごうかん》されたことを忘れようと決心していた。美喜が大学に行かなくなったのも、男たちの脅しに恐怖を感じていたというのもあるが、出来る限りその記憶を想起するのを防ぐためであった。何かに脅えて暮らすのは辛かった。しかし、忘れることは出来なかった。ふと道で見知らぬ男たちの笑い声を聞いたりするだけでおぞましい記憶が想起されることもあったし、セブン・サムライが夢に現れることもあったのだ。自分の身体が永遠に穢《けが》れてしまったような気がして、彼女は自分を責めた。悪いのは私だ、私が馬鹿だったんだ、私は馬鹿だ、馬鹿だ、馬鹿だ、馬鹿だ、と彼女は延々と報われない責めを自分に課すのだった。幸福にはなれない、幸福にはなれない、幸福には絶対なりえない。彼女はそう呪文のように自分に言い聞かせたものだった。

中陰を迷うかのように、彼女は自問と自己非難の毎日を送っていた。しかし、さすがにこれではいけないと彼女は決心して、レイプ被害者のカウンセリングに顔を出すようになった。カウンセリングを受け、色々な症例について知っても心は癒されなかった。反対にそれは苦痛だった。自分の心の一部がえぐりとられてしまった場所に何か他の不自然な代用物をはめこもうとしているかのような違和感と激烈な心の痛みを、彼女は感じていたのだった。彼女は心を閉ざした。カウンセラーなんかに理解出来るはずがないのだ……。

そんな或る日、グループセラピーで麻奈と再会した。

セラピー・ルームで麻奈を見つけた時、美喜の身体は凍りついた。麻奈から目をそらせた。恥ずかしかった。裸で通りを歩いているかのようだった。誰にも知られたくはなかったのだ。強姦されたことを知られてしまった。そう考えるだけで、もう生きてはいけないような気がした。美喜は動揺して、セラピーどころではなかった。

グループセラピーをうわの空で過ごし、美喜はひたすら自らの愚かさと麻奈の存在に苛《さいな》まれていた。彼女は自分のことばかりを責めていた。しかし、セラピーも終わりに近付いた頃、彼女は麻奈もレイプ被害者として出席していることに気がついた。そのことに気がつくと、脱力した。荒れた海が突然穏やかになり、彼女の精神は澄んだ水平を眺めた。

美喜は、誰もが「力」の前では無力であり、すべてが無駄だ、無意味だ、とその時思ったのだ。本当に全身から力が抜けた。緊張は弛緩し、彼女の苦痛は緩和された。誰もが幸せになどなれないのだ、と彼女は考えた。

セラピーからの帰り道、美喜は脅えるように歩いて帰る麻奈に追いつき、一緒に泣いた。麻奈は美喜の存在にとって慰めになったのだ。美喜の頬《ほお》を大粒の涙が伝ったが、彼女は無感動だった。悪夢の苦しみはもはやなかった。しかし、その日以来、彼女は世界の、そして自分の無意味に苦しむことになった。

麻奈とは連絡をとりあう約束をして、別れた。

そして、その晩、美喜は見知らぬ男と寝た。

水上へ

美喜は多くの男と寝る女に生まれ変わった。

自分の身体なんてどうでもいいという思いがそこにあったし、時々訪れる強烈な孤独感から逃れるために、彼女は男と寝るようになった。男は別に誰でも良かった。街をぶらつけば、下心まる出しの男たちに困ることはなかった。

孤独は彼女に不安を与え、時にひどく取り乱させた。性交をしているとそれに集中することが出来た。だから、孤独を感じなかった。男たちは彼女の孤独を癒すための道具にすぎなかったのであって、彼女は彼らを彼女と同じような感覚を有する人間とは見なしてはいなかった。それ故、彼女との関係を維持したがる男たちを彼女は退けた。もう男と付き合ったりするつもりはなかった。美喜は自分を孤立した存在者として考えており、いかなる精神的な感覚の共有も男には求めていなかったのである。彼女にとってもはや対等な人間存在としての男は存在してはいなかった。

洋一もそのような多くの道具的男として美喜との性交にありついた。そして、彼は二度目の彼女との性交の後に、今後も道具的男になることを選択したのだった。つまり、洋一は美喜の玩具になることによって、彼女との関係を保つことを選んだのだ。

美喜がそのような例外を作ったのは初めてだった。別にこれといった理由があったわけではない。洋一が人間らしいことを言うのをやめればいい。ただそう思っていた。だから、美喜は自分のマンションで洋一の股間を踏みつけ、足の指で彼の男根を挟みながら、

「本当にただのペットになるんなら、飼ってあげてもいいよ」

と提案したのだった。その時、彼女は自分の側に「力」があるのだということを充分に理解していた。

「……はい、お願いします」

と洋一が彼女の力に屈したのを確認し、彼女は足に力を入れ、彼の睾丸を強く押した。洋一は苦痛にか、快楽にか顔を歪めた。

「もう、おかしな話はなしよ。愛だとか何だとか……。あなたはただのペットになるんだから、セックス以外では何の使いようもないね」

「はい」

洋一は従順だった。もしかしたら、彼もそういった関係をはじめから望んでいたのかもしれない。実際、彼は美喜に股間を足蹴にされて勃起していた。美しい女性に踏まれて彼

は満足だった。そして、それが今後も続けられると思うと嬉しかった。恋人の美咲のことは全く頭になかった。

その日以来、洋一は大学を休みがちになっていった。美喜は夜の仕事をしていて、彼女を訪ねる時間は午後に限られていたし、いつ気紛れに彼女が洋一を呼び出すか分からなかった。だから、洋一の生活は不規則になり、学校へ行く回数が減っていった。しかし、別に授業に出なくても単位はもらえる。洋一は学生生活よりも美喜に足蹴にされる生活の方を魅力的に感じていた。

問題は美咲にどう言い訳するかだった。彼はまだ美咲との関係を断ってはいなかったのだ。美咲とは別れるつもりだったが、美喜との性的な関係が確立された今となっても彼は躊躇していた。彼は美喜と一緒の時には下僕として仕え、美咲と一緒の時には主人のように振る舞っていた。性交の時、美喜に自分がされた言葉責めを美咲にそっくりそのままやってみたりした。美咲は素直だった。彼女には負い目があったのだ。他の男の男根を受け入れたという負い目が、そしてそれを洋一に隠しているという負い目が……。洋一はすべてを知っていた。

学校にあまり顔を出さなくなった洋一に美咲は、当然、疑問を持った。家に直接行っても留守であることが多かった。彼女は不安になった。他に女が出来たのではないかという不安もあったが、最も彼女が恐れていたのは、もしや洋一が真実を知ってしまったのではないかということだった。彼女は最近洋一が何をやっているのか本人に訊くことがあったが、はぐらかされるだけだった。はぐらかされても恐ろしくてその先に足を踏み出すことは出来なかった。時々彼が抱いてくれると安心した。だから、少々暴力的な性交でも彼女は懸命に奉仕した。彼を愛しているのだ、彼に愛されているのだ、と彼女は自分に言い聞かせ、レイプされた過去を消そうとしていた。

そんな性交の最中に洋一の心を満たしていたものは、怒りだった。自分の下で狂おしく喘ぐ美咲を見ると、彼は殺意を感じた。彼女が憎かった。彼女のついている嘘が憎かった。和田にも同じようにしたのかと思うと、何事もなかったかのようにしている彼女が信じられなかった。はあん、はああん、と洋一が性器を抜き差しするたびに声をあげる彼女の二面性に、彼は怒っていた。

しかし、彼は美咲に真実を語って欲しかったわけではない。そんなことをされても彼はうろたえただけだっただろう。事実、彼は美咲がレイプ後に、ぎこちなくではあったが、何事もなかったかのように振る舞ったのを見て安堵したし、嘘の重荷がために以前より従順になった美咲の様子を楽しみさえした。だが、じきに彼女の二面性に耐えられなくなってきた。彼女が自分に嘘をつける人間だと知った時、洋一は、それがすべて自分の仕組んだことであるにもかかわらず、不信で心が満たされたのだ。

美咲は弱い女で、正直で、嘘がつけない。洋一は勝手にそう考えていたのだ。彼女の嘘は穢《けが》れで、洋一の単純な世界にひびを入れた。洋一はワインを片手にテレビを観る美喜のクリトリスを、よし、と言われるまで舐《な》め続ける自分なのに、苦悩しながら性的に奉仕する美咲を許せなかった。

或る夜、性交の最中に洋一は美咲の首を絞めた。愛液が性器と性器を潤滑に交わらせていた。洋一は腰を緩やかに振った。美咲は彼の下でもがいた。

「くる…しい…よ。洋ちゃん……」

美咲はそう言って、嘆願の眼差しを洋一に向けた。洋一は彼女の首を絞める力を強め、激しく腰を振った。パスン、パスンと音が鳴った。美咲はむせて、咳きこんだ。洋一は彼女の首から手を離し、大きく開いた彼女の両脚の膝を掴《つか》んで、懸命に動いた。息を取り戻した美咲はまた大きな喘ぎ声をあげ始めた。両乳房がたぷんたぷんと揺れていた。

「洋ちゃん、愛してる！　愛してる……」

美咲はそう言って身体をくねらせる。そして、両脚を洋一の腰に回した。彼女の口からは涎《よだれ》が垂れていた。洋一は彼女に口付けをすると、再び彼女の首を絞めた。彼女の喉元からげっぷのような奇妙な音が聞こえた。

美咲が憎かった。この淫売め！　大嘘つきめ！　と洋一は心の中で叫びながら彼女の首を絞める力を徐々に強めていった。愛してなどいなかった。しかし、裏切られた気分だった。愛はなくても裏切りは起こる。この世界で何が信ずるに値するのだろうか。主観の定まらない人間は、自らの利己性の生み出した世界に裏切られ、孤独に生きる。利己性が逆説的に自我を傷つけてしまう。洋一は美咲の首を絞めた。彼女を憎んでいた。

その時、酸欠の苦しみの中、美咲は微かな快感を得ていた。よせてはかえす性的な快楽に一滴の苦しみが混じり、融和していた。首を絞めながらも洋一は一定のリズムで彼女の膣の最奥を突き続けていた。気持ち良かった。美咲は失禁した。よろめきに身を任せ、どこまでも落ちていくような快感が彼女の全身を貫いていた。苦しくて意識を失いそうだった。何も考えることが出来なかった。不思議と洋一に殺されるとは思わなかった。別に殺されても良かった。死ねば楽になる、と彼女は一瞬考えた。

美咲は水中からひきあげられるような感覚を得た。洋一が首を絞めるのをやめたのだ。彼女の瞳には洋一の冷酷な眼差しが映った。その瞬間、彼女はオーガズムに達した。

「中で出すよ」と洋一。

「うん、たぶん今日は大丈夫……」

美咲はそう朦朧《もうろう》とした意識の中で答えた。まだオーガズムの余韻に浸っていた。そして、洋一は勢いよく射精した。彼の温かな精液が注入されるのを美咲は感じていた。

洋一はすべて出し終えると、性器を抜いて、彼女の横に寝転がった。美咲の膣からは白いどろりとした液体がゆっくりと流れ出てきていた。

「洋ちゃん、ごめん、シーツ汚しちゃった……」

「いいよ」

洋一のベッドのシーツは美咲の小便と愛液で濡れていた。美咲は恥ずかしかった。失禁する程感じたことはそれまでになかった。洋一に調教されてしまったのだと思った。美咲は自分が洋一の所有物の一種になってしまったと感じていた。洋一といると苦しいのに、離れることが出来るようには思えなかった。自分がレイプされた部屋で美咲は恋人と愛し合うのが嫌だったが、そうせざるをえなかった。彼女は受難の中にいた。

「ねえ、洋ちゃん……」

「なに？」

「卒業したら、結婚してくれる？」

「いいよ」

「真剣よ、ふざけてるんじゃなくて」

「ああ、いいよ」

洋一は性交後の覚めた頭でそう答えた。しかし、本気ではなかった。売女め、売女め、と心の中で呟《つぶや》いていたのだ。彼はどうやって別れようか考えていた。自分が悪者にならずに別れる方法を模索していた。それでも彼が美咲に冷たくしないのは、美咲とのセックスが美喜への奉仕で得られないものを供給していたからである。彼は美咲が必死に隠している秘密を知っており、そしてそれによって彼女を操ることの出来る支配者だった。

「わたし、洋ちゃんなしじゃ、生きてけないよ……」

美咲はそう言って洋一に抱きついた。洋一はうざったそうに起き上がり、

「コーヒー飲みてえなあ」と煙草を咥《くわ》えた。

「すぐいれるね」

美咲はびくりと立ち上がり、全裸のままキッチンへ走った。彼女の後ろ姿を見送り、洋一は頭を抱えた。苦しかった。彼女への不信と嫌悪が彼を苦しめていた。

美咲は何度も死のうと思った。強姦《ごうかん》されたことがそこまで堪えたのではない。強姦後の生活をそれまで通りに維持する難しさが、彼女の神経をまいらせていた。本当は洋一の部屋でセックスはしたくない。それどころか、近付きたくさえない。しかし、彼女は嘘をつき始めたのだから、その嘘を貫徹しなければならなかった。

洋一と別れようと何度も考えた。しかし、それも出来なかった。彼に嘘をついているのが辛かった。だが、嘘をつかずに彼を傷つけるのはもっと辛かった。彼女は洋一を誤解しており、彼が良い男だと思っていた。そんな彼を傷つけるのは嫌だった。

レイプされた晩、家路の途中で線路を見下ろす歩道橋を通った。彼女はその中途で立ち止まり、一時間ばかりずっとその下の線路を見下ろしていた。夜闇の中を煌々《こうこう》とした電車が疾走していた。その電車が通るたびに彼女は、今だ、今だ、と身を乗り出した。しかし、結局飛び降りることはしなかった。怖かった。負けるのが嫌だとかそういうのではなくて、ただ怖かった。そして、ぼろぼろと泣いた。ひどく疲れていた。

今でも彼女はその歩道橋で死んでいれば良かったと思いかえすことがある。死にたくなった時、彼女は自室の鏡に向かってこう呟《つぶや》くのだ。

「わたしは愛されてる、洋ちゃんはわたしを愛してくれている、とっても罪深いのに……」

マーガレット

美喜には自殺衝動があった。別に日頃から死にたいと思っているわけではないのだが、ふとした瞬間に、死んでもいいかな、と思ってしまうのだ。そして、自殺を試みる。そういったことが輪姦《りんかん》されてから数度はあった。幸い彼女はまだ生きている。

彼女は命に関しては幸運な方で、マンションの踊り場から飛び降りても無傷だった程だ。交通事故も故意に何度か起こしたが、たいした怪我《けが》にならずに済んだ。そうやって、自殺を試みるたびに彼女は友人の麻奈のもとへと足を運んだ。麻奈に話を聞いてもらえると安心した。

自分の無意味さを妙にはっきりと感じることがあるのだ。そんな時、彼女は死にたくなる。実際、彼女が死んでも世界は何も変わらない。そういった感傷を理解してくれるのは、彼女の周りでは、麻奈だけだった。もしくは美喜は麻奈だけだと勝手に思っていた。

麻奈はそういった衝動に屈することはないようだった。麻奈は自分の周囲に堅固な要塞《ようさい》を作り、自己を防衛していた。彼女の関心は常に外に向いていた。外部からの攻撃に常に備えていたのだ。その点が美喜とは違った。美喜は外界へは無防備だった。外界を無批判に受け入れた。彼女を破滅させるような攻撃は常に内部からやってきた。彼女の自己が彼女を攻撃した。そういった攻撃は防ぎようがなかった。

本当のことを言うと、洋一という玩具が出来て、美喜は幾分か救われていた。美喜がひどく孤独を感じ、彼女の自己が彼女を崖っぷちへと追いやろうとする時、彼女は洋一を呼んだ。彼はどこへでもすべてを投げ捨ててやってきた。彼は無償で、彼女の心という代価を求めることなしに、彼女を救いにやってきたのだ。彼は彼女の肉体のエロティシズムを求めていた。彼女は、自分の手のひらからぽろぽろと心の欠片《かけら》を落とすことなく、自らを救うことが出来たのだ。

美喜は親友に彼女の弟と寝ていることを伝えなければならないと思った。麻奈に嘘をつき続け、それでいて洋一を玩具にし続けるのは不可能だった。美喜は話さなければならないと思った。そうしなければ、自分の心の中で麻奈を失ってしまうと思った。

麻奈はなんとも思わないだろうか、それとも私を軽蔑するだろうか？　彼女の弟との関係を祝福するかもしれない。いや、私を罵倒するかもしれない。私が他の多くの男たちと寝ていることを麻奈は知っているんだから……。美喜はそんなことを延々と考え続けた。正直に言えば、洋一など美喜にとってはどうでも良かった。しかし、麻奈はどうでもいい存在ではない。洋一は便利だ。けれど、洋一には替えがある。麻奈にはそれがありそうには思えなかった。麻奈は尊重しなければならない。彼女の弟を弄んでいるのなら尚更だ。洋一をうち捨てるのは億劫《おっくう》だった。美喜は麻奈に話す決心を固めた。

車に乗り、道を走った。夏だった。窓を開けて走ると、風が入ってきて、心地良かった。その風は排気ガスにまみれていたが、美喜は気にしなかった。都会に空気の良い場所などない。空には無慈悲な太陽が浮かび、アスファルトはおあずけをくらった洋一の男根のように熱気を帯びていた。

明治通りにさしかかり、交差点で他の多くの車と並んで、信号を待っていた。その時に美喜にあの衝動がやってきた。機械と人の群れの中で美喜の気分は突然沈んで、やがて絶望した。彼女はちっぽけで、どうしようもなくくだらなくて、駄目な存在。ゴミ。屑。

彼女の車は出遅れた。しかし、彼女はなんとか車を動かす。あんたなんか死んだ方が世の中のためになるのよ。そう彼女の心の声は囁《ささや》く。彼女は萎縮する。そして、ハンドルに数度頭を打ちつけた。その通りだ、その通りだ、と彼女は呟《つぶや》いた。動体視力が鈍る。彼女の右手を次々と他の車が追い越していく。私はとろい。世の中に必要ではない人間だ。死んだ方がいいのよ。美喜はそんなことを考えながら走り続けた。運転には集中出来なかった。

助けて！　助けて！　助けて！　と美喜は心の中で叫んでいた。死、が救済なのかもしれない、とひらめいた。しかし、美喜は運転し続けた。麻奈がその先にはいた。私はここにいる、と彼女は呟いた。

麻奈はアパートの呼び鈴が鳴るのを聞いた。彼女は金属バットを持ってドアの方へと向かう。訪問者があるとすれば、洋一か、もしくは美喜だ。麻奈はその訪問者が美喜だと思った。なんとなくそう思ったのだ。

覗き窓から見ると、やはり美喜だった。青い顔をしている。麻奈はドアを開けた。美喜は左手首をタオルで押さえ、よろよろと中に入ってきた。麻奈はドアを閉めた。

「やっちゃった……」

美喜はそう言って血のついたタオルを見せた。手首を切ったのだ。リストカットは初めてだった。傷口は浅い。

麻奈は慌てて救急箱を用意しようと美喜に背を向けた。その瞬間、美喜はばたりと玄関に倒れた。しかし、意識を失ったわけではなかった。美喜は疲れていた。その疲労のために彼女は倒れたのだ。人生に疲れていた。

すぐに麻奈は玄関に戻り、消毒液や包帯を用いて、美喜の傷口に応急処置を施した。幸いたいした傷でもなさそうだった。麻奈に手をかされて、美喜は奥の部屋へ連れられていき、そこのベッドの上に寝かされた。意識ははっきりとしていた。

「ごめんね、麻奈……」

美喜は横になったままそう親友に声をかけた。ベッドは一人で寝るには大きすぎるサイズだった。美喜はその麻奈のベッドが好きだった。

「いいよ。なんで謝るの？」

「ううん、また馬鹿なことをしたから」

「いいよ。馬鹿なことなんかじゃないから」

「ありがとう」

美喜がそう礼を言うと、麻奈はキッチンの方へと踵《きびす》を返して、去っていった。何か飲み物を用意しに行ったのだ。美喜はまた麻奈に申し訳なく感じた。いつもこうやって迷惑をかけるのは美喜の方だった。麻奈は強い、と美喜は思った。

少しして麻奈は紅茶の入ったポットと二つのカップをトレイにのせて戻ってきた。美喜は半身をベッドから起こした。

「手首切っちゃったのね」

と麻奈は紅茶をカップに注ぎながら訊いた。

「うん。……本当なら交通事故で死ぬところだったんだけど」

「交通事故よりいい選択だったかもよ」

「どうして？」

「他の人を巻き込まないいじゃない」

「それもそうね」

二人は笑った。

二人のいるベッドの四方は麻奈の武器コレクションで埋め尽くされていた。なんとも奇異なベッドルームだった。雨戸は閉じられ、部屋の電気はついてはいたが、やや薄暗かった。ベッドは部屋の中央に置かれていた。

ゴルフクラブの並べられた部屋の一方の隅には、ぽつんと白いマーガレットの植えられた鉢が置かれていた。それは昔二人が通った高校の校庭に植えられていた花と同じ花だ。その花を見ると、美喜は望郷の念をもよおす。しかし、沖縄に帰るつもりはなかった。戻っても良い生活があるわけではないし、母親も彼女が水商売をやっているのに反対してはいない。その母親自身、美喜が幼い頃から水商売で家計を支えていたのだ。

「疲れたの？」

麻奈は美喜の額を撫《な》でて、そう訊いた。美喜は安心した。

「うん。ひどく疲れた。麻奈は？」

「うん。あたしも疲れてるよ。本当に疲れてる。嫌になるね」

「うん。全部が嫌。すべて大嫌い」

「あたしもよ」

紅茶を飲み終えると、麻奈もベッドに入った。大きなベッドだったので、二人でいても窮屈ではなかった。二人でしっかりと抱き合って寝た。そうやって寝ると安心出来た。

二人はお互いの孤独を理解することが出来た。だから、お互いを慰めにしていたのだ。麻奈は美しいのに弱い美喜を、そして美喜は臆病なのに強い麻奈を愛していたのかもしれない。しかし、二人ともお互いを愛しているとは言わなかった。

二人は全裸になり、互いのぬくもりを感じた。

麻奈は普段は美喜に身体を触らせなかったが、彼女が自殺未遂をして訪ねてくると、触らせた。そうでない時でも美喜がそうしたがっていると分かることが麻奈にはあったが、やらせはしなかった。自分の気持ちが美喜と同化したいと願う程彼女に、そして自分自身に同情する必要があったのだ。

それに麻奈は美喜が男たちとセックスしているのを知っていた。そんな風に肉体で心を癒そうとは思わなかった。そうするのが嫌だった。なにより美喜にそんな男たちと同じように扱われるのは我慢ならなかった。麻奈は精神的な繋がりを必要としていた。

美喜は、麻奈にとって、鏡だったのだ。美喜が失望や絶望を見せていると、彼女と寝ようと思った。美喜の唇を貪り、彼女の性器に傷口を舐《な》めるように舌を這《は》わせた。時に彼女たちはそうやって何時間もベッドの中で過ごした。麻奈は美喜に哀れな自分を見て、その幻影を慰めるために、愛した。

ベッドの中で麻奈は美喜と口付けした。愛撫をしあいながら、互いの舌と唾液をねっとりと絡ませた。何十分もそうしていた。

美喜の左手首の包帯が痛々しかった。

ああ、可哀相に、と思うと、麻奈はぐっしょりと感じた。


彼女たちの性の営みは何時間にも及んだ。彼女たちは何度もオーガズムに達した。そして、夜が来た。二人はまだベッドにいた。しかし、もうお互いを慈しみ、慰めあう必要はなかった。激情は去り、身体的な疲労で気だるさを感じていた。

麻奈は美喜に背を向けて寝転がっていた。だが、眠っているわけではない。美喜は麻奈のその裸の背中を抱き、彼女の白い乳房を押し当てた。麻奈が先程まで執拗に貪っていた乳房を。

麻奈は美喜の息を首筋に感じた。

「ねえ、麻奈……」

「……なに?」

「私、あなたの弟と寝てる」

美喜はそう意を決して告げた。麻奈との性交が終わるまで、洋一のことを考えたりはしなかった。それどころか、彼女の思考には全く洋一は存在していなかった。しかし、性交がとうとう終わり、美喜の心が彼女にとっての正常を取り戻すと、もともと洋一との関係を告白するために麻奈を訪ねたのだということを思い出した。告げないわけにはいかなかった。濃密な性交の後だから、尚更そう思った。

薄暗い部屋には二人の性器から垂れ流れた愛液のせいだろうか、淫靡《いんび》な香りが漂っていた。珍しく電気が消され、部屋の片隅のマーガレットが白く発光し、闇に浮かんで見えた。美喜が傍らにいる時だけ、麻奈は部屋の電気を消すことを許した。

麻奈は沈黙している。

「麻奈。私、あなたの弟と寝てる……」

美喜は繰り返し、麻奈を後ろから抱き締めた。麻奈の反応が怖かった。だから、それ以上洋一との関係を説明することが、彼女には出来なかった。洋一をペットにしているとは、さすがに言えなかった。彼女は卑怯に麻奈からの返事を待った。

部屋の空気は澱《よど》んでいた。

「……だから何なの？」

と麻奈は長い沈黙の後に口を開いた。美喜は安堵した。

「なんでもない。でも、あなたには言わなくちゃと思ったの」

「そんなこと告白されても、あたしには関係ないし、困るよ。……洋一とそれ以上どうにかなりたいの？　まさか好きだとか……」

「そんなこと絶対ないよ。好きなんかじゃ、全然ない。ただセックスしてるだけ」

「なら、勝手にすればいいじゃない」

そう麻奈は言いながらも、美喜の返事に安堵した。美喜という自分が弟に奪われてしまうのではないかと、一瞬うろたえていたのだ。

麻奈は洋一が一度電話をかけて美喜の近況を尋ねた時から、美喜が彼と関係を持ったのだろうと考えていた。しかし、それは美喜の一種の癖であったので、気にしなかった。洋一がどう扱われようが、気にはならなかった。彼女の心配事は美喜と彼女自身にしかなかったのだから。

美喜の不特定多数のセックスの相手の一人が自分の弟だと知ると、麻奈はどういうわけ

だか少し安心した。だから、彼女は
「けっこう洋一とはやってるの?」

と訊いた。

「うん。最近は彼のおちんちんとバイブ以外は入れてない」

麻奈はさらに安心した。弟は男であったため、時折麻奈に苛立ちと恐怖を与えていたが、洋一自身は無害だ、と麻奈は考えていた。弟が美喜のセックスフレンドであるというのなら、美喜に危険が及ぶことはないと思った。だから、彼女は安心した。

「ちょうどいいんじゃない、セフレとしては」

「うん、私もそう思う。ありがとう」

「お礼なんてよしてよ」

麻奈は振り返り、美喜に濃厚なキスをした。美喜が目を閉じると、彼女のまつげが麻奈の頬《ほお》に当たった。麻奈は起き上がり、ベッドから出た。そして、部屋の隅のマーガレットの鉢の中から何かを取り出して戻ってきた。彼女は手に二つの黒い塊を持っており、その一方を美喜に差し出した。

「なに?」と美喜。

「あげるわ。プレゼント」

美喜は黒い塊を手にとった。それは短銃だった。

「どうしたの、これ？」

「中国人から買ったの」

と麻奈はもう一つの短銃を構えた。銃口はキッチンへと繋がる引き戸に向けられている。

美喜は銃を持つ手が少し震えた。

「双子の銃よ。あなたとあたしの。ロシア製らしいから、精度は悪いけど、ちゃんと弾も入ってるから」

「いいよ、こんなの……。私、いらないよお」

美喜は怖かった。銃など持っていたら、いつかは自分を撃ち殺してしまう。そう思った。

「受け取って。これは『力』なんだから。『力』があれば、誰も妙な真似はしないんだから」

そう言うと、麻奈はしゃがみこみ、ベッドの上に半身を起こして手の中の短銃をどうして良いか分からないといった様子の美喜の手を優しく両手で包んだ。

「お願い、美喜、あなたが心配なの」

美喜は無言だ。麻奈は美喜の額に、そして頬、瞼、唇、肩、乳房、乳首、腹、臍《へそ》という順番でキスしていき、最後に彼女の両膝の間にうなだれた。麻奈はそこで泣いていた。

「あなたが心配なの……」

「麻奈……」

美喜はうなだれた麻奈の髪を撫《な》でた。そして、彼女はもう片方の手で短銃を強く握った。

確かに自分に力が湧《わ》いてくるような気がした。

部屋の隅では、暗闇の中、マーガレットが白い光を放っていた。

ギルティ

洋一は銀座と新橋の間にあるダイニングバーで和田と飲んでいた。白人のウェイトレスが窮屈そうなミニのワンピースを着ている騒がしい店だった。

美咲を差し出してからというもの、和田との関係がより密になっていた。洋一を本当に「友達」として受け入れてくれたようだった。

美喜との関係が続いているということを知ると、和田は笑って、洋一の肩を叩いた。

「よくやった。学生がクラブのネーチャンものにするなんてたいしたもんだ」

と和田は言い、洋一に一目置いてくれたようだった。そう言われると、実情はかなり違うのだが、悪い気はしなかった。

美喜との関係に文句はなかった。問題は今も付き合っている美咲との関係だった。美咲へのいや増す憎悪に洋一は耐え切れなくなっていた。

憎悪なら和田に向かうべきだろうが、そうはなってはいなかった。洋一の和田への感情は一種の気まずさであり、怨恨《えんこん》とは種類が違った。彼は共犯であり、秘密の共有者であった。それに洋一は和田が美咲をレイプしたことに腹を立てていたのではない。美咲が何食わぬ顔をして秘密を作ったことに怒っていたのである。美咲の二面性を彼は憎んでいたのだ。

酒が入るにつれ、洋一の口からは美咲の悪口が漏れ始めた。和田はそれを黙って聞いていた。

「俺は、俺はあいつを憎んでいるんですよ」

と洋一は酒の勢いで言った。

「ほお、どうしてだい?」と和田。

「いや、それは……」

「まさか、俺が彼女をやったのが原因だなんて、言うんじゃないだろうな?」

「まさか、違いますよ！　もとから気にくわなかったんです！　……けど、しつこくてうんざりしてるんです」

と洋一はカウンターで頭を垂れた。美咲がしつこい、というのは嘘だった。彼女は従順で洋一の言う通りにした。和田のレイプが原因に違いなかったのだが、洋一はそうとは言えなかった。そう肯定するのは格好の悪い気がしたし、それは和田の信頼を失ってしまうことを意味していた。洋一は和田の世界に引き込まれていた。

和田はそんな洋一の様子に頷《うなず》いて、

「そういうことなら、てっとり早く別れさせてやってもいいぞ。おまえを悪者なんかにさせやしないって、いつだか言っただろ？」

「はい……」

「別れたいか？」

「……はい」

「それなら、話は早い。明日にでも手を打っといてやるよ。俺に任せとけ。うっとうしい女が周りをうろちょろしてるのはかなわんだろうからな」

「ええ」

和田に任せれば、美咲とすぐにでも別れられるのは必定だった。しかし、そうやって実際に話が動き始めると洋一はうろたえた。本当に美咲と別れてしまうのだ、と考えると悲しいような気がした。だが、彼にはその感情が悲しみなのかどうかさえ、はっきりとしないのだった。現代人は感情の渾沌《こんとん》を生きる。感情の定義というものは失われている。

その晩は和田とは早めに別れた。明日必ず別れさせてやる、と和田が張り切っていたためだ。

洋一は明日の別れに身を震わせた。だから、美咲のアパートを訪ねた。彼女は突然の訪問に驚いたようだったが、温かく迎えてくれた。少し酔っていた洋一はシャワーを浴び、酔いを覚ました。そして、美咲を抱いた。そう、彼は明日で別れることになると知っていたから、最後にセックスをしに彼女のアパートへと行ったのだ。実は彼女の身体が少し惜しかった。何度も何度も満足のいくまで性交して、彼はタクシーを使って逃走するように帰宅した。美咲はその洋一の様子にすごく戸惑っていた。そして、その戸惑った顔が洋一の見た最後の美咲の表情だった。

翌日、和田は洋一の大学へと顔を出した。そして、キャンパスを歩く美咲を見つけて、彼女に近付いた。

和田に気付いた彼女は逃げようとした。それを和田は止めた。走って彼女を追いかけ、キャンパスの並木道で彼女の腕をとった。美咲は震えていた。和田は彼女が弱い女なのを知っていた。そして彼女が洋一を本当に愛していることも。

秋の終わりで、紅葉した並木は葉を落としきり、全裸で枝を揺らしていた。

「話があるんだ」

と和田は切り出した。

「放してください。話なんかないです」

美咲は腕を振った。和田は彼女の腕から手を放した。彼女の瞳には涙が溜まっていた。

「大事な話なんだ。ここじゃなんだから、喫茶店にでも行こう。……洋一に見られるとまずいだろ？」

「……」

「大事な話なんだ」

美咲は抗《あらが》わなかった。そうやって和田は美咲を大学駅前の喫茶店へと連れていった。そして、コーヒーを注文し、席につくと無言の抵抗を試みる美咲に話し始めた。

「……俺と洋一の仲のいいのは知ってるだろ？」

「……」

チェーン店の喫茶店の店内は混み合っていた。サラリーマンたちが休憩し、もくもくと煙草の煙をあちこちで狼煙《のろし》のようにあげていた。昼間だったが、客足は途絶えなかった。

美咲は返事を返さず、恨めしそうな目で和田を見返した。

「最近はしょっちゅう飲みにも行ってるんだ。洋一はいい奴だよ。信頼出来るし、なによりまっすぐだ。俺は、俺はあいつのそういうところが好きなんだ」

そう言うと、和田は煙草に火をつけた。煙が気だるげに美咲と和田の間を漂った。

「それがどうしたっていうんですか？」と美咲。

「大問題なんだよ。……俺と洋一は今や親友だ」

と和田は頭を抱えた。煙草の火が髪につくかに思えた。しかし、和田はすぐに姿勢をただし、煙草を吸った。そして、こう言った。

「俺と君との秘密をもう隠してはおけないよ。俺はあいつにこれ以上あの秘密を隠し続けることが出来ない」

「そんな！　絶対に秘密にするっていったじゃないですか！」

美咲は和田の突然の弱音に気が動顛《どうてん》した。心臓が早鐘のように鳴り、コーヒーカップを持つ手ががたがたと震えた。

和田は本当に申し訳なさそうな目で美咲を見つめた。

「本当に君には申し訳ないことをした。ごめんよ、どうかしてたんだ。悪いのは俺なんだ。すべて、洋一には言うつもりだ。……たとえあいつが許してくれなくても、俺は言わなくちゃならない。これ以上……これ以上、あいつを騙し続けることは出来ないよ」

「困ります！　困るんです！　そんな、ひどい。わたしも忘れようとしてるんです！　蒸し返さないでください！　お願いします！　洋ちゃんには言わないで！　すべて壊れてしまうかもしれないの！」

美咲は嘆願した。

「君は罪を感じないのか？　すべてを隠して、あの純粋な洋一からすべてを隠して一緒にいて、罪を感じないのか?」

「感じます！　でも困るんです！」

美咲の感情はレイプされた羞恥《しゅうち》で満たされていた。その強姦《ごうかん》犯を目の前にして脅え、同時に洋一への罪悪感に揺すぶられていた。彼女の保とうとしていた世界が崩れかかっていた。彼女はあがいた。

「お願い！　私がレイプされたなんて言わないで！」

美咲はそう押し殺した声で言い、和田の手をとった。彼は彼女の手を振り解いた。

「言わなけりゃならないよ、俺は。君を悪くは絶対にしない。誓うよ。俺が無理やりやったんだ。そう言う。そうすれば、洋一も君を責めはしないよ……」

和田の声は決意に満ちており、どこか冷淡だった。美咲は恐怖した。彼女の頬《ほお》を涙が伝っていた。

「……」

洋一が許してくれるかどうか分からなかった。それまで美咲は洋一以外の男を知らなかったし、男がそういったことにどうリアクションをとるのか見当もつかなかった。ただこれまで通りの関係に亀裂が入ってしまうことは予想出来た。洋一との関係は続くかもしれない。しかし、その場合、洋一は彼女に同情するだろうと美咲には考えられた。そのような関係にはなりたくなかった。普通の恋人同士でいたかった。

美咲にとって、和田にレイプされたことは汚点だった。強姦されたことは他の誰にも知られたくなかった。彼女は自分に永遠に消えない穢《けが》れがついてしまったような気がしていて、それを隠すのに必死だった。その穢れを他人が知るところになるとすれば、その最後の人物に恋人の洋一にはなって欲しかった。彼に汚れた自分は見せたくなかった。

美咲は泣いた。思惟《しい》の混乱と絶望の中、彼女は涙を流した。

「それじゃ、今晩、洋一に会うよ。さよなら」

と和田は勘定を済まし、困惑と同情の表情を見せながら、店を出て行った。


美咲の仮想現実の崩壊は必至だった。

だから、彼女は逃げた。

洋一との思い出を心に秘め、彼女は荷物をまとめて東京から逃げ出した。

彼女の心の一部は砕けてしまったのかもしれない。

その晩、彼女は東北行きの新幹線に飛び乗って、青森を目指した。別に当てがあったわけではない。青森は寒かった。故郷のようだった。そして、彼女は数日間東北をぶらついた。とうとう最後に金がなくなると、彼女は故郷の新潟へ帰った。

何度も何度も彼女は洋一が真実を知ってしまったと頭を悩ませた。そして、旅館の壁にごつごつと頭蓋《ずがい》をぶちつけて、泣いた。だが最後には、彼女は自分の時を止めてしまうことに成功した。彼女の時間は東京を逃げた時に止まったのだ、と彼女は考えた。思い出の中で彼女はきれいだった。洋一に愛されていた。そこに穢《けが》れはなく、彼女は幸せだった。彼女は半分は現実だった自身の仮想現実の世界を完全なる空想の世界に移すことによって、もちこたえたのだ。

美咲の両親は突然帰ってきた娘を温かく迎えた。

「もう帰りたくないよお。お母さんの側にずっといたいよお」

と泣き言を漏らす美咲に何か悪いことが起こったということが、母親には察しがついた。だが、何も訊かなかった。父親も、普段から無口な農夫であったので、彼女を責めも叱咤しもしなかった。

美咲は三人姉妹であり、上に二人の姉がいた。二人とも東京の大学を出て、東京で就職していた。両親は、田舎だったので、三人も女の子を大学に行かせて、と周りから不思議がられていた。それは両親が農家を継ぐために学業半ばで新潟に帰郷した苦い経験があるからだった。娘たちには田舎に引っ込んでいて欲しくはなかった。娘たちは彼らの希望だったのだ。

しかし、美咲は戻ってきた。娘には可能性を追って欲しかったが、戻ってきてくれるのなら嬉しかった。だから、両親は美咲に辛くあたるようなことは全くしなかった。

そうして美咲は大学をやめ、新潟でひっそりと思い出と戯れながら暮らした。

彼女の傍らで希望が芽をふくのを両親は見守っていた。

迷子の昆虫

数週間後、洋一は美咲が彼の前から完全に姿を消したのだということに自覚を持つことがようやく出来た。いなくなるように自分から仕向けたのに、いなくなってみると少し淋しかった。損したような気になった。まともな社会に彼を繋いでいた糸がまた一本切れたようだった。

和田に任せて、自分に責任が来ない別れ方が出来たのは良かった。洋一は責任が苦手だった。

まともに付き合っていたのは美喜か美咲かと問われれば、勿論、それは美咲の方であったが、美咲がいなくなっても心に空洞は出来なかった。空間には空洞は出来た。そして、それが少し淋しいような気もした。

やはり彼女を愛してなどいなかったのだ、と彼は思い、納得した。

美咲のことを考えると罪悪感が芽生えることもあったが、彼はそれを押し殺した。仕方なかったんだ、と呟《つぶや》きつつ……。

美咲に時間や金を費やしていた分がなくなったので、洋一はよりフレキシブルに美喜の欲望に応えることが出来るようになった。それは美喜の存在の安定を確保すると同時に、洋一に非常な満足を与えることに繋がった。洋一は美喜の肢体を、幼い頃父親が買い与えてくれた南米の昆虫の標本を見るように、賛嘆し、愛していた。そう、美喜は洋一の集めた美しい標本だったのだ。しかし、洋一はその美を愛するあまりその標本に蒐集され、所有されていた。

美しい標本と性的に交わるという行為は趣味人の至高ではないか。美喜と一緒にいる時、洋一はいわばその幸福感の頂きにいたのだ。

和田には美咲のことで何度も礼を言った。そのたびに美咲の愚鈍さを二人でせせら笑った。自分の元ガールフレンドの悪口を言うのは気がひけたが、和田といると不思議といくらでも言えた。他人を馬鹿にすることで、仲間意識が強まっていく気がした。それに美咲はもういないのだ。大学をやめたことも人づてに聞いていた。

より仲良くなると、和田は彼の性的趣向に強姦《ごうかん》願望が含まれていると話してくれた。洋一が、自分には女性による被強姦願望がある、と告白すると、和田は大笑いして

「おまえは一度女を強姦して、その女々しい性質を克服しなけりゃならない」

と洋一の脇腹を小突いた。そして、和田は今度二人で誰かをレイプしようと提案し、洋

一を誘った。洋一はそのアイデアに興奮したので、また今度機会のある時に誘ってくださいよ、と受諾した。

「更生できそうだな」

と和田はまた笑った。

洋一は強姦の他に和田と多くのことを話した。和田は非常に博識な男で、色々なことを知っていた。ビジネスだろうが、文学だろうが、物理学だろうが、和田は一通り話すことが出来た。和田の知識に洋一は圧倒されるのだった。洋一に和田と対等に話せるようなネタはなかった。だから、彼は自分の家族について話した。殊に奇妙な生活を送る姉の麻奈のことを。沖縄での生活に和田はたいして興味を抱いてくれなかったのだ。そんな都会人と遭遇すると、田舎者の洋一はすっかり萎縮してしまうのだ。故郷には誇りが持てなかった。故郷は僻地で、自然と海ぐらいしかなかったから。

しかし、和田は洋一の姉に非常に興味を示した。南国から来た娘がナーヴァス・ブレイクダウンを起こした。ただそれだけの話だったが、彼女が以前住んでいた部屋が江戸川区にあったということが、彼の興味を引いたのだ。それも葛西だ。

彼はその町をよく知っていた。

葛西は彼が一時期趣味でよく出歩いていた町だった。出歩くといっても住宅地なので酒を飲んだりしていたのではない。彼の趣味は強姦で、無防備な一人暮らしの女性を狙ってうろついていた。アパートなどに忍び込んで、女を犯す。そして、写真やビデオを撮って楽しんでいた。警察の警備が厳しくなったので最近は他の場所で行っていたが、よくそうやって出歩いたものだった。

　和田は洋一の姉が彼の犠牲者の一人ではないかと考えたのだ。だから、彼は、知り合いかもしれないと言い訳をして、洋一に姉の写真をメールしてくれるように頼んだ。そして、多くのオリジナル・ビデオ、写真のコレクションと照合した。彼はそれらを販売用としてではなく、純粋に趣味として蒐集していた。

　麻奈のビデオと写真は存在した。まず和田は彼女の写真を自分の数多くのコレクションの中から発見し、洋一から送られてきたデジタル映像と見比べ、

「彼女だ」

と呟いた。アルバムに付された整理コードから容易にビデオを特定出来た。彼は一意性を保つためにビデオや写真には整理コードをつけていた。和田には恐ろしいまでの整理癖があった。

　ビデオに映ったぼろぼろと涙を零《こぼ》す麻奈の姿を見て確信を得た和田は暗い自室で哄笑《こうしょう》した。

洋一は本当に遊ばしてくれる、と彼は考えた。

それから間もなく麻奈のアパートに差出人不明の封筒が送られてきた。和田が送ったものだ。中には十二枚の卑猥《ひわい》な写真が入っていた。

麻奈はその写真を見て、愕然《がくぜん》とした。写真には犯される彼女自身の姿が写っていた。彼女は玄関先でがたがたと震え、逃げなければならない、と即座に思った。恐怖にとりつかれた。部屋のあちこちにある武器を集め、それらを抱き締めた。そんなに多くの武器を集めたのに彼女自身は全く強くはなっていないようだった。

どうして居所をつきとめられたのか不思議だった。レイプされてからすぐに彼女は前のアパートを引き払い、強姦犯から逃げ出した。恐ろしかったのだ。そして、自分を守るための要塞《ようさい》を作り上げた。その要塞に籠《こ》もっていれば、安全だと思った。しかし、居所をつきとめられたことが分かると同時に彼女はそこからまた逃げ出そうとしていたのだ。

しばしば夢見た復讐も出来そうにはなかった。自分をレイプした男を殺す、そういったことを彼女はよく思い描いていた。ゴルフのドライバーで頭を叩き割ってやったり、刀で切りつけたり、ズドンとピストルで撃ち殺したり、随分と空想の中で彼女は男を殺したものだ。そういった空想を現実化することは彼女には出来そうになかった。散々集めた武器もおびえきった彼女には手に負えないものになることだろう。

麻奈は美喜に電話をかけた。彼女の声が聞きたかった。

呼び鈴が数度鳴り、美喜は電話に出た。

「もしもし」

「あたし、麻奈」

麻奈の声は震えていた。美喜は即座にただごとではないな、と感じた。

「どうしたの?」

麻奈は受話器の向こうで号泣し出した。美喜は恐ろしくなった。麻奈を失ってしまうかもしれないと感じた。今回は自分が彼女を救う番なのだ。そう思った。

「すぐ行くわ。今、家?」

「……うん」

電話を切ると、美喜は麻奈の家へと飛んでいった。美喜がインターフォンを押しても、麻奈はなかなかドアを開けない。美喜は何度もドアを叩いて、麻奈を呼んだ。美喜は不安だった。本当に麻奈を失ってしまうのではないか、と美喜は動揺した。

二十分もドアの前にいただろうか、ようやく美喜の前で扉は開いた。そこには青白い顔をした麻奈が立っていた。彼女は心配する美喜に亡霊のような微笑をした。

「来てくれて、ありがとう」

そう言う麻奈を押しのけて、美喜は中に入った。

部屋の中は普段と変わらなかった。ただの武器庫。荒らされた様子もなかった。刃物の入ったショーケースの上に無造作に置かれた幾枚かの写真があった。美喜はそれに目をやった。そして、凍りついた。

麻奈が後ろから近付いてきて、気がふれたかのように笑った。美喜は彼女を見た。汗が額を伝った。

「どうしたの、これ……」

「居場所がばれたのよ」

美喜は麻奈の肩に腕を回し、彼女を強く抱き締めた。麻奈は緊張が解け、そこに泣き崩れた。美喜は彼女をより強く抱いた。

「どうしよう、どうしよう、あたし怖いよお……。美喜ぃ、あたし怖くて、怖くて、壊れちゃいそうだよお……」

麻奈の身体は本当に壊れてしまいそうだった。それ程彼女の身体が小さく脆《もろ》く見えた。

美喜には彼女の気持ちが分かった。だから、美喜は彼女を抱き締め、ともに泣いた。

「麻奈、私があなたを守るから！　あなたがくれた銃を使ってでもあなたを守るから！」

と美喜は彼女に口付けした。そうして二人はそこで愛し合った。それが麻奈の傷ついた心を癒すことの出来る唯一の方法だった。

涙をいくら流しても心は癒されない。人には慰めが必要だ。その慰めは他者の存在である。心の傷は他者によってつけられるのに、なんと皮肉なことだろう……。

その日、美喜は麻奈に真新しい携帯電話を手渡した。メモリーには美喜の番号のみが入っている。緊急時に麻奈が美喜に、そして美喜が麻奈に連絡がとれるようにだった。

美喜の存在に慰めを見出し、麻奈はそのアパートからすぐには逃げ出さないことにした。そうしてしまったら「力」を求め続けた年月が水泡に帰してしまう、と彼女は思った。

麻奈の脳裏では恐怖と殺意とがせめぎあっていた。

クリスマス・プレゼント

麻奈は一ヶ月もの間極限の不安を過ごした。強姦《ごうかん》犯からのコンタクトはあの写真が送られてきて以来なかった。いつ来るか、いつ来るか、と彼女は恐怖し、脅え、憤慨して暮らしていた。しかし、何の連絡もなかった。金の要求もないし、再度のレイプの試みもなかった。緊張で張り詰め、疲れていた。

美喜はほぼ毎日のように麻奈を訪ねてきてくれた。そして、お互いを慰めあった。二人でいる時は洋一のことをジョークにしあった。洋一はクンニの仕方が随分と上達したという。血縁者が美喜に仕えているというので、麻奈は美喜の心配をしなくて済んだ。彼女は自分のことで手一杯だった。

不安に苛《さいな》まれてはいたが、逃げなくて良かった、と麻奈は時折考えた。逃走すれば、また同じことの繰り返しになってしまう。美喜の存在が彼女に幾ばくかの勇気を与えていた。その男を殺してやる決意があった。再び自分の身体を弄ぼうとするのなら、確実に息の根を止めてやろうと考えていた。

殺さないまでも謝罪を引き出すことは出来る、そして二度と自分を悩まさないように今度は自分が脅してやるのだ、と麻奈は気分が上向きになる時には思うのだった。しかし、気分が沈む時にはやはり心細くて、怖くて、逃亡したくなるのだった。どうにもならないという地獄のような精神状態に彼女は閉じ込められていた。強姦犯から何の連絡もないということが彼女のその地獄を長時間維持させた。その地獄は彼女の心の中にあり、彼女はそれから逃げることが出来ない。人間は地獄を生きるのではなく、自らに地獄を持ち、内部から苛まれるのだ。

封筒を送って以来、和田が麻奈にコンタクトを取らなかった理由は、一つには彼自身の仕事が忙しかったということもあるが、第一の理由は彼女を極限の不安に生きさせるという意図があったからである。それに麻奈が法的な手段に訴えたりしないか、確認する必要があった。レイプされた後警察に届けもせずにめそめそと泣き寝入りしてひっそりと生きてきた女である。その可能性は低かったが、見届ける必要があった。警察沙汰になったら、ゲームオーバーだ。そうなったら自分の負けなのだ、と和田は考えていた。

和田にとってはそんなことはゲームでしかなかった。彼にとって世界は彼の所有する玩具箱であり、世界の住人は彼が主人だということも分からない阿呆《あほう》どもなのだった。しかし、住人たちはただの駒、もしくは風に翻弄《ほんろう》される葉っぱにすぎないのだから、彼を正当に認識してくれなくても良かった。彼はお忍びで世界に出入りする主人なのだった。

和田は待った。時々、麻奈のアパートのある目白に足を運んで彼女を観察した。買い物には出たりしているようだった。

「随分と回復したんだねえ」

と彼は買い物袋をさげて帰宅する麻奈の姿を、遠くのビルの屋上から双眼鏡で覗きながら、呟《つぶや》いた。そして、また煉獄《れんごく》に戻してあげるよ、とにやにやした。

和田のその異常な趣味は学生時代からのものだ。別に女にもてないから始めたわけではなかった。すべて満ち足りていたから始めた。親が金持ちで金銭的に不自由したことはなかったし、スポーツも勉強も出来たので女にも困ったことはない。顔も個性的なハンサムだった。良い大学にも入ったし、高名な会社にも入った。給料も良かった。仕事も出来た。けれど退屈だった。その退屈を癒すために学生時代に女をレイプすることを始めた。写真やビデオのコレクションを増やし、退屈をまぎらわせた。女たちをコレクションすると、世界の断片が自分のもとに戻ってくるかのような錯覚を持てた。多くの女たちの思考と時を彼は奪った。そうすると自分が主人なのだと自覚出来たのだ。

冬が訪れ、和田のDデイが近付いていた。彼には彼なりのプランがあった。しかし、彼は自分を完全に守るためにプランをたてていたのではない。人生の記念を作るために計画を練っていたのだ。それに強姦するなら少しその過程が杜撰《ずさん》な方が面白味を増した。危険のないゲームほどつまらないものはない。そこに危険があるから興奮するのだ。

東京に来て以来、麻奈はいつも一人でクリスマス・イヴを過ごした。家族がいないから仕方ない。付き合っている男性もいなかったし、レイプされてからは半ば引きこもって暮らしていた。でも、今年は美喜が一緒にいてくれるという。夜二人でささやかなパーティをすることになっていた。

そして、イヴの日はやってきた。

朝から麻奈は部屋の刀剣を磨いたり、短銃に油をさしたりで忙しかった。強姦犯が写真を送りつけてきてからは特に念入りにやっていた。それらの武器の「力」が彼女を守ってくれるのだ。手入れをしないわけにはいかない。彼女の部屋には相当な数の武器類があったので、そのすべてを手入れするとなるとかなりの時間がかかった。一通り手入れが終わる頃には夕刻になっていた。窓を開けると外はもう暗くなっていた。

麻奈は慌てて外に出た。そして、少し離れた駅前のスーパーに買い物に出掛けた。美喜とのイヴの晩餐の材料を買うためだ。美喜にはすべて自分に任せてくれと言っていた。

そうやって買い物をしていると、束の間強姦犯の恐怖を忘れることが出来た。麻奈は自分を犯した男の顔さえ知らない。彼女はずっとその顔の見えない男の恐怖に脅えて暮らしてきた。しかし、イヴの日に美喜のために七面鳥を探したりしていると、その恐怖が心から瞬間消えていた。

スーパーには、結局、七面鳥は置いていなかった。代わりに鶏の丸焼きを買った。前菜にカプリ風サラダを作ろうと考え、バジルやオレガノ、トマトを買い、モッツァレラ・チーズには高級なやつを選んだ。ほかにもオリーヴ・カクテルや生ハム、パスタの材料などを購入し、ワインには奮発してバッローロを棚から取った。デザートのティラミスはまだ美喜が来るまでに時間があったので、マスカルポーネを買って自分で作ろうと考えていた。

そうして、アパートに帰りついた頃には七時を回っていた。

鍵をさしこみ、それを回し、扉を開けて中に入った。部屋の異変に麻奈は即座に気付いた。

消していたはずのテレビがついていた。消し忘れかな、とも思ったが、そんなはずはなかった。音はあまりしなかった。ハッハッと男の息の音だけが、部屋を満たしていた。靴を脱いで麻奈は玄関から二、三歩中へと歩み出した。そして、そこで歩みをやめた。テレビの画面には後ろから覆面をした男に犯される自分の姿が映っていた。微かに喘いでいた。頰《ほお》には涙が伝っていた。

麻奈は買い物袋を落とし無意識にテレビの方向へと駆けた。そして、ビデオを止めようとする。

「メリークリスマス、麻奈」

後ろからそう声をかけられた。びくりとして麻奈は後ろを振り返った。部屋の隅のソファには一人の男が深く腰をおろして彼女をじっと見ていた。男は覆面をかぶっているので顔は分からなかったが、その男が自分を犯した男だと麻奈はその声から分かった。麻奈の下顎《したあご》はがくがくと震えた。

「サンタクロースがやってきたんだよ」

と男は言って、覆面をとった。それは和田だった。麻奈は和田を注視した。そして、次の瞬間床にあった金属バットを手にとり、彼に襲いかかった。麻奈はバットを振り下ろす。しかし、それはソファの手前の床に当たり、鈍い音をたてた。

和田は立ち上がり、彼女を蹴り飛ばしてバットを奪い、それを投げ捨てた。

「サンタにむかってそれはないだろう」

と和田は残念そうに首をふりふり言った。

麻奈は恐怖に気が動顛《どうてん》して声をあげることも出来ない。彼女はキッチンに駆け寄って、そこから偃月刀《えんげつとう》をとり、再び和田に襲いかかった。ぶんぶんと偃月刀は風をきった。だが、和田は容易に麻奈の腕を掴《つか》み、彼女の手からその刀を奪った。そして、彼女を抱き締め、耳元でこう囁《ささや》いた。

「無駄だよ。あがくのはやめろよ。騒ぐと、殺すよ」

彼は一方の手に握った偃月刀で麻奈の頬を撫《な》でた。よく手入れされていたので、麻奈の頬に赤い線ができ、すぐに一条の血が流れ出た。麻奈は小便を漏らした。ぴちゃぴちゃと麻奈のジーンズから流れ出る彼女の小便を足で感じて、和田は
「そうそう、いい娘だ……」

と彼女の耳朶《みみたぶ》を優しく噛んだ。そして、舌を彼女の耳の穴へと入れて、そこを念入りに舐《な》め回した。

麻奈はその時自分のジーンズのポケットに手を伸ばし、そこから携帯電話を取り出し、美喜に電話をかけた。麻奈の頬を流れる血を吸おうと舌を伸ばしていた和田はそれに気付いた。すぐさま携帯電話を奪い、彼はスイッチを切り、それを叩き潰した。そして、彼女を蹴り飛ばし、床に叩きつけた。麻奈はあまりの恐ろしさに声を出すことさえ出来ない。しかし、なんとかして逃れようと床をみじめに這《は》った。和田はそれを満足気に眺めていた。

麻奈は出口とは反対方向へと這っていっていた。無我夢中だった。そして最後には自室の壁に行く手を阻まれた。追い詰められた。彼女は振り返った。偃月刀を持った和田がゆっくりと歩み寄ってきていた。

「悪い子にはサンタがプレゼントをくれないなんてのは、嘘だ。サンタは気紛れにプレゼントをやるもんだよ」

和田は愉快そうにそう呟いた。麻奈にはわけが分からなかった。

「素行なんて関係ない。プレゼントは運命に任されやってくる……」

麻奈はジーンズの後ろポケットから最後の頼みの短銃を取り出した。彼女は部屋の隅でしゃがみこみ身を小さくして、それを前方に構えた。和田は立ち止まった。麻奈は目をしっかりと閉じ、がくがくと震えていた。銃も震えで落としてしまいそうだった。

和田は哄笑《こうしょう》した。

「ハハハハハ！　本当に撃てるのかい？　おまえのような臆病者が撃てるのかい？　さあ、やってごらん！　……無駄だよ。できやしないよ。おまえは無能で屑だ。犯されるために生まれてきたんだ」

和田は一歩彼女に寄った。麻奈は細目を開けて、がたがた震える手で和田を狙った。確かにこんなに至近距離なのに命中しそうになかった。それどころか引き金がひけるのかさえ怪しかった。

「撃つわよ！」

麻奈は必死に声を振り絞ってそう言った。そのひよわな声に和田はまた笑った。そして、数歩近付き、麻奈の手から拳銃を奪い取った。彼はそれを玄関の方向に投げ捨てると、麻奈の髪を掴み、ベッドルームへと引きずっていった。

もはや麻奈は無力だった。

ミニスカートと夜

美喜は麻奈からの電話にすぐに気付いた。着信音は一度しか鳴らなかったが、たまらなく不安になった。普段なら携帯電話からはかけてこないはずだった。すぐに電話をかけてみたが、繋がらなくなっていた。おかしかった。

美喜は麻奈のアパートへと急いだ。車に飛び乗り、渋滞を縫って走った。そして、じきに麻奈のアパートの前に着いた。辺りは真っ暗だったが、アパートに人がいるのかどうかは分からなかった。遮光カーテンをしていると、麻奈の部屋の灯りは消えて見えたのだ。

すぐに麻奈のアパートの部屋へと駆け上がった。懐には麻奈にもらった短銃を秘めていた。ドアの前に着いた。インターフォンを押そうかと迷ったが、やめて、そっとドアノブに手をかけた。鍵はかかっていなかった。玄関に忍び込み、後ろでゆっくりとドアを閉めた。玄関向かいの部屋は無人だった。しかし、奥の寝室からは物音が聞こえた。玄関には麻奈の短銃が転がっていた。美喜は驚くほど平静だった。しかし、自分の心臓がばくばくと鳴るのを感じていた。

彼女は靴を静かに脱いで中に入った。近付くと、物音が何なのか分かった。セックスの音だった。麻奈が喘いでいる。男の荒い息づかいも聞こえてきた。

寝室の扉は開いていた。美喜は足音をたてずに近付いた。中を覗《のぞ》きこむと、部屋のあちこちに切り裂かれたり破き裂かれたりした衣類が散らばっていた。そして、ベッドの上には全裸の男女が交わっていた。麻奈が和田に後ろから犬のように突かれてよがっていた。

美喜はそこに凍りついた。

性交する二人は体位を変え、正常位で交わった。たぷたぷ揺れる乳房を胸に感じながら、和田は麻奈に長いキスをした。覗いている美喜にも二人が舌を絡ませているのが分かった。はあーん、はあーんと卑屈な喘ぎ声を漏らす麻奈を、美喜はその時憎悪した。

美喜は懐から短銃を取り出し、撃鉄をあげた。そして、冷徹な感情とともにすたすたと寝室に入っていき、振り向いた和田のこめかみに躊躇《ためら》いなく銃を突きつけ、引き金をひいた。

音が鳴ったか鳴らなかったか、美喜には分からない。彼女の周りはその時無音だった。その引き金をひく意志以外、彼女にはなかった。

次の瞬間、麻奈の上に乗っかっていた和田はどさりとベッドの上に倒れた。麻奈は美喜を呆然《ぼうぜん》とした表情で見上げていた。麻奈の女性器にはまだ和田の男根が挿入されていた。

美喜はその男が和田だと分かった。しかし、どうしようもなかった。もうやってしまった。

麻奈の胸は和田の返り血で赤く染まった。麻奈は恥ずかしかった。美喜の顔を見られなかった。美喜が来なければ、一生この今は死骸となった男の奴隷となっていたかもしれない。なによりも自分が強姦魔《ごうかんま》の男根を下の口に咥《くわ》えてよがっていた姿を美喜に目撃されたのが耐えられなかった。もう死んでしまいたかった。膣から滲み出た自分の愛液が許せなかった。

蒐集した武器の一切が無駄だったと麻奈は痛感していた。彼女の築いた砦《とりで》は瓦解《がかい》し、彼女は侵入者に卑屈にその身を捧げて命乞いをしていたのだ。フェラをさせられている時に男性器を噛み切ってやることだって出来ただろう。しかし、彼女は恐怖に萎縮し、彼に奉仕したのだ。すべてが、自分の卑屈さ、醜さのすべてが、美喜に露見してしまった。麻奈はそう思い、涙を流した。

「もう抜いたら?」

美喜は、短銃を持った手で麻奈と和田との連結部を指して、そう指示した。麻奈は半身を起こして小さくなった死骸の性器を抜いた。

和田の死骸はまだ温かく、そこで死んでいるなんて嘘のようだった。彼はシーツに血をこめかみから垂れ流していた。白目をむいて死んでいた。

美喜は銃を片手にどこか遠くを見ていた。

「ねえ、美喜……」と麻奈。

「……なに?」

美喜の声は優しかった。

「あたしに、あたしにキスして」

「……ごめん、今は出来そうにない」

美喜は寝室の扉に目をやって麻奈の要求から逃げた。麻奈の卑屈さは彼女の卑屈さでもあった。美喜は絶望感を抱いていた。

麻奈は美喜の拒絶に呆然とした。全裸のままそこに留まり、何もする気が起きなかった。何も聞こえなく、何も目に入らない、そういった静寂の中で彼女は苦しんだ。

美喜は携帯電話を取り出して、洋一に電話をかけた。洋一はすぐに出た。

「美喜さんですか?」

「うん」

「家に行きましょうか?」

「ううん、いいの。……ちょっと訊きたいことがあって」

「なんですか？」

「あなた…あなた、いつだか、私を愛してるって……言ったよね？」

「はい」

「それ、今でも変わってない？」

「変わりませんよ。愛してます」

美喜は涙を流し、鼻をすすった。洋一にもその変化は分かった。

「どうかしたんですか？」

「本当に私を愛してくれてる？　本当に私を愛してくれる？」

美喜は絶望していた。

「愛してます。そして愛します」

「たった今、私、人を殺したの。あなたの友達の和田さんを……」

「……」

「それでも私を愛してくれる？」

「……」

洋一にはわけが分からなかった。突然、自分のことを愛すなと言った女から電話がかかってきて、愛しているかどうか訊かれるだけならまだしも、和田を殺したとか、話が急すぎた。

「それでも私を愛してくれる?」

美喜の声は切羽詰まっていた。洋一はその緊急性を読み取り、答えた。

「愛します。たとえあなたが人殺しでも、愛します」

「ありがとう……」

美喜は声をあげて泣いた。そんな美喜は、洋一にとって、初めてだった。その泣き声で麻奈は絶望の沈黙から目覚めた。麻奈は立ち上がり、携帯電話を握り締める彼女をベッドに寝かせた。その隣には和田の死骸が置物のように転がっていた。

美喜は鼻をすする。

「今、あなたのお姉ちゃんの家にいるの」

「今から行きます」

「うん、お願い、私たちを助けに来て……」

「はい」

それで電話が切れた。

洋一は姉のアパートに着くと、インターフォンを押した。呼び鈴が鳴るのが聞こえたが、誰も応答しなかった。仕方なしに彼はドアノブに手をかけた。ドアは開いていた。部屋の奥からすすり泣きが聞こえた。二人の女が泣いていた。

寝室に行くと、ベッドの上に美喜と麻奈はいた。美喜は全裸の姉に膝枕されて髪を撫《な》でられていた。二人とも涙を流していた。洋一は不覚にも姉の意外に大きい乳房を見て、美しいと思い、恥ずかしくなった。しかし、そんないかがわしい考えもその二人の女たちの背後に転がっている塊を見ると消えた。

和田の死骸だった。

洋一は言葉を失った。寝室の入口で躊躇《ためら》っている洋一を麻奈は見上げると、彼女の長い苦しみの月日のことを話し始めた。洋一は一歩、二歩とベッドの方へと進み、黙ってその話を聞いた。詳細な長い話だった。姉は無表情無感情にそれを語った。しかし、彼女の怒りと絶望は伝わってきた。洋一は麻奈と美喜の苦悩を知り、和田の罪を感じた。

「洋一、あたし疲れたよ……」

と話の最後に麻奈は言った。すべてにひどく失望しているようだった。

警察沙汰になれば、麻奈が違法な武器を大量に所持していることがばれてしまうだろうし、美喜は殺人を犯している。裁判などは有利に運ぶだろうが、それでもこれから二人はまともには生きられないだろう。世間の晒《さら》し者になるだろうし、理解のある人間ばかりではない。洋一はそう考え、こう言った。

「死体を処理しよう。……なんとかしなきゃ」

美喜と麻奈は無気力だった。

「もうどうでもいいよ」と麻奈。

「そんなこと言うなよ、姉ちゃん。なんとかしなきゃ」

洋一は焦った。美喜は身体を起こし、洋一を見た。

「愛してるって、本当？」

「愛してますよ、美喜さん。だからなんとかしたいんです」

「麻奈も、麻奈も、愛してあげて」

「実の姉なんだから愛してるに決まってるじゃないですか。なんとかしましょう。捨てに行きましょう！」

麻奈は気だるげに美喜の肩に凭《もた》れた。美喜は彼女の髪を撫でた。

「ねえ、麻奈にキスしてあげて。私は、私はできないの……」

美喜にそう言われて洋一は困った。妙な状況だったが、全裸の姉は性的にひどく魅力的に見えた。血糊のついた彼女の胸と彼女のぼろぼろの精神状態を伝えるうつろな眼差しを見ると、彼は性的に興奮し、和田の垣間見た世界の断片を身体で感じたような気がして、恐ろしくなった。

「そんなことより早く死体をどうにかしましょう！」

洋一は自分の中の「和田」を振り払いたくてそう言った。自分には彼女たちに頼りにされる資格自体が欠如している。そう彼は自覚しつつもそれを隠匿したかった。

美喜は立ち上がり、洋一に口付けした。

「こうやって、麻奈に口付けしてあげて。私には出来ないの……」

洋一は姉を見下ろした。麻奈は潤んだ瞳で洋一を見上げていた。

「姉ちゃんにはそれが必要なのかい？」

「……」

「姉ちゃんにはキスが必要なのかい？」

「うん、お願い」

洋一はベッドに腰掛けた姉の隣に座り、彼女にそっとキスをした。彼女の唇は柔らかかった。洋一は目を閉じた。舌を入れると、麻奈のそれも同様に応えた。美喜は立ってその様子をじっと見ていた。洋一は自分の性器がズボンの下でより一層固くなるのを感じた。

彼は実の姉の乳房を揉んだ。麻奈はしばらく弟にそれをさせていた。しかし、弟が彼女の薄桃色の乳首を親指と人差し指の間に挟んで刺激し始めると、彼女は身を引いて、弟の愛撫から逃れた。

「もういいよ。洋一……」

洋一は姉に拒絶され、羞恥《しゅうち》した。

部屋の隅ではマーガレットが枯れていた。

「ねえ、三人でお風呂に入らない？」

と美喜が明るい声で提案した。麻奈の身体を洗う必要があった。それに美喜も返り血を浴びていた。美喜は彼女自身が麻奈を風呂に入れても良いと考えていたが、その間に洋一が消えてしまうかもしれないと脅えていた。

美喜は二人の返事も聞かぬうちに服を脱いだ。そして戸惑う洋一の服も脱がせた。洋一は勃起していた。彼のそそり立つ男根を麻奈はじっと無感情に眺めていた。洋一は姉の顔を見ることが出来なかった。恥ずかしかった。

三人はバスルームへと行って、狭い風呂にお湯をはった。お湯が溜まるまで、二人の女の身体を念入りに洗う役目を洋一は担った。そうしている間に三人の間の張り詰めた空気が和らいでいった。もはや美喜は洋一の逃亡に脅えなかったし、麻奈の絶望感もやや和らいだ。洋一もその状況に慣れることが出来た。女たちは洋一の身体を洗ってやった。始終勃起している洋一の男根をからかいながらも優しく愛撫した。彼らは皆気だるげに興奮した。

　そして、三人は交わった。世界の終わりにやることがあるとすれば、それはセックスだ。肉体の交わりは癒しだった。寝室では和田の身体が死後硬直を始め、腐敗への第一段階へと入ろうとしていた。

　バスルームから出ると、洋一は和田をどこかへ捨てに行こうと再度提案した。彼はこの女たちを何をしてでも守ってやるつもりだった。ある種の贖罪《しょくざい》の意識が働いていた。二人の女たちは反対はしなかった。しかし、乗り気でもなかった。彼女たちにとってはもう人生とは終わったものだったのだ。どうなろうと良かったのだ。

　洋一は一人でゴミ袋に和田の死骸《しがい》を詰めようとした。しかし、蟹股《がにまた》の妙な姿勢で死後硬直を始めた和田の亡骸は東京都指定のゴミ袋には収まりきらなかった。おまけに袋が透明だ。洋一はその不可能性に気が滅入った。だが、どうにかしたかった。美喜や麻奈のためにその状況をどうにかしたかった。不思議と和田への同情は起こらなかった。自分が彼の同類であると感じていながらも、だ。その女たちへの感情が愛なのかもしれないと、その時、彼は思った。

　ゴミ袋に和田を詰めるのを諦《あきら》めると、洋一は寝室の毛布を用いてその遺体を覆うことにした。死骸を二枚の毛布で包み、ガムテープでぐるぐる巻きにしてとめた。不格好だが、それが最良の方法のようだった。夜のうちに運び出してしまえば、大丈夫だと思った。

「さあ、これでよし。どこかに運んで、捨ててこよう」

洋一がそう言うと、その様子をベッドの上で見守っていた美喜が
「私の車を使うといいわ。アパートの前に停めてあるから」

と言った。彼女と麻奈は性交後の倦怠《けんたい》と近接感への欲求を、ベッドで互いの全裸の身体を少し離して寝転がることによって、満たしていた。

「じゃあ、今すぐ行こう」

と洋一は麻奈に向かって言った。和田は蟹股で死んでいたし、死後硬直の始まった彼の身体はいやに重かったので、洋一が一人で運ぶには骨が折れそうだった。助けが要った。

「うん、どこへ行く?」と麻奈。

「……分からない。でも、行こう」

洋一にはそういったことは初めてだったし、何処でどう処理すればいいのか、よく分かっていなかった。そのグループの指導者としては洋一は未熟すぎた。しかし、他の誰が彼らを導けただろうか。

美喜は身体を起こした。

「いいじゃない。行こうよ。ここにいても仕方ないし。出ていこう! 飛び出そう!」

彼女はそう言うと、ワードローブを漁って、麻奈の服を着始めた。麻奈にも洋服を二、三枚適当に見繕って、投げた。美喜は麻奈が長いこと着ていない白いワンピースが気にいったようだった。それを纏《まと》った彼女は最高にセクシーだった。それというのも麻奈のサイズは美喜の豊満な肉体にはやや小さめで、清楚なワンピースから乳房がはちきれんばかりだったからだった。そのアンバランスが美しかった。

麻奈は三年ぶりにスカートをはいた。東京に来た日に渋谷で買ったスリットの入った黒のミニだ。実は彼女はそのスカートを実際にはいたことがなかった。少し大胆すぎて、彼女にははくことが出来なかった。そのミニ・スカートに白いシャツを羽織った。なんだか解放的な気分だった。和田の死が彼女にそうさせたのかもしれない。

美喜も麻奈もコートを羽織った。クリスマスの夜なのだ。それでも寒い。しかし、車に乗ってしまえば、暖房がきくし、あまり深くは考えなかった。この状況で未来なんて漠然としたもののことを考えるのは馬鹿げてる。

三人は協力しあって、階段から毛布にぐるぐる巻きにされた和田の死体を運び出した。幸い人影はなく、十分程で美喜の車のトランクに彼を放り込むことが出来た。狭いトランクに、せーの、で放り込まれた和田はゴツンと鈍い音をたてた。

そして、三人は夜の帳《とばり》の中を車で走り出した。運転手は洋一で、美喜も麻奈も後部座席に座った。二人とも互いの手をとりあっている。カー・ラジオをつけると、クリスマスソングが流れ始めた。

"We wish you a Merry Christmas" と三人は口ずさんだ。そして、徐々に声も大きくなり、大声で歌っていた。

誰に遠慮する必要もないのだ、と美喜はその時思った。

キス

舵《かじ》を任された洋一は東京をあてどもなく彷徨《さまよ》った。女たちはどこへ向かっているのか、全く気にかけていないようだった。彼女たちはラジオから流れる音楽にあわせて歌い続けた。深夜のラジオ番組はハッピーな曲を一通り流すと、一曲か二曲埋め合わせをするかのように陰気な曲を流すのだった。知らない歌も多かったが、彼女らは構わずに歌った。

「ごめん……。同じところを回ってるみたいだ。どこへ行けばいいか、やっぱり、分からないよ」

と洋一は給油を済まして再び走り出すと弱音を吐いた。

「いいよ。どこへ向かっても」と麻奈。

「うん、そうだ。どこへ行ってもいいよ」

洋一は戸惑った。行く当てもなくトランクに死骸をのせて走るのは不安だった。この二人を乗せて彼はどこまでも走って行きたかったが、後ろに和田を乗せてそれを続けるのは嫌だった。和田という影を捨て去りたかった。それは洋一自身の影でもあり、それを処理し、葬り去ってしまわなければ、この二人の女たちを愛する資格自体がないのだ、と彼は考えていた。否、彼女らを愛する資格など、もとよりない。しかし、彼女らとの幸せなフィクションを演じ、そうすることによって彼女らを穢《けが》れた自分が救うことが出来るのではないか、と彼は思った。愛するという行為は贖罪《しょくざい》なのだ。

洋一はアクセルを踏んだ。正確にどこを走っているのか、分からなかった。目黒区にいた。ラジオがザ・ポーグスの『ニューヨークの夢』を流していた。洋一は歌詞を口ずさんだ。ルームミラーに映る美喜と目があった。彼女の瞳は赤くなっていたが、それでも綺麗だった。美喜は口を開いた。

「私…私、海に行きたい。どこか海に連れてってよ」

「海ですか?」

洋一は再びルームミラーを見る。美喜は真剣にそう言っているようだった。

「そう、海。海に行きたいよ。ねえ、麻奈?」

美喜は麻奈の腕を揺すった。麻奈は所在なさげに

「うん、そうね。行こう」

洋一は頷《うなず》いて、ハンドルをきった。まずは車がどこを走っているのか把握するのが先決だった。交通はやや混み合っていた。

「お台場が一番近いと思うけど……」

「お台場は海じゃないよ」と美喜。

「じゃあ、少し遠くになりますよ」

「どこでもいいじゃない。遠くに行こうよ。ずっと遠くに行こう……」

洋一は南西へと進路を変えた。神奈川へと向かうつもりだった。

三人は再び歌い始めた。大声で歌い続けても不思議と陽気にはならなかった。陰気でもない喧しく平穏な空気だった。

かなりの距離を走った。じきに横浜だった。藤沢方面に進路を変えた。美喜の車のカーナビは歪《いびつ》な形に凹んでいて、故障していた。普通の壊れ方をしたのではないことが分かったが、洋一は何も訊かなかった。そのカーナビが壊れていたせいで、どこへ向かうにも手探りだった。

そうやって暗闇と街の灯りの中を三人は走り抜けていった。そして、夜明けも近い頃にようやく海に着いた。鎌倉の海だった。辺りに人影はなく、冬の浜辺は誰も拾うことのない夏の日の忘れ物のようにうち捨てられていた。

洋一は堤防の側に車を停めた。ほかに停まっている車はない。洋一はサイドブレーキをあげ、エンジンをきった。

三人は車を降りた。風が強かった。その潮風のあまりの冷たさに三人は身を縮めた。

「寒いね」

と麻奈は飛び跳ねた。

「うん」

と美喜も同様に跳ねた。

堤防は街灯で縁どられ、上から薄暗い灯りを三人に注いでいた。暗闇の中、照らし出される剥き出しの鉄の塊、美喜の車、の存在の重みに洋一はぞっとした。その車の中には和田が身を横たえていた。そのうち異臭を放ち始めるはずだった。いや、今ももうすでにその死の臭いを放っているかもしれないのだ。洋一は脅えた。

「海に、海に捨てようか?」

洋一は他の二人に顎《あご》で車を示し、そう言った。

「それもいいかもね」

美喜は洋一の提案にそう答え、麻奈の手を取り、堤防の階段を降り始めた。十五段ほどの階段の先は暗闇だった。じきにその二人の女たちの姿は闇に消えた。洋一は呆然《ぼうぜん》とした。彼の脅えはその女たちには存在しない。切迫した事態なのに彼女たちはそう感じていない。彼は孤独を感じた。女たちと彼との間にある不理解性が彼の息を詰まらせた。

美喜は麻奈と一緒に暗闇の浜辺を歩いた。海辺までは少し離れていた。ビーチバレーのためにたてられたポールが淋しそうに佇んでいた。夏には多くの人がここを訪れるはずだった。そのポールはその夏の残留物なのだった。彼女たちが見るものは残留物でしかないのだ。今は夏ではない。冬なのだ。

浜辺の一部はライトで照らされていた。広い浜辺の中心部、ちょうど堤防と海辺の中間点、の辺りを照明が照らしていた。スポットライトのようになったその地点に二人の女たちが達するのを、洋一は堤防の上から見ていた。焦る自分が醜いと分かっているのに、その激寒の浜辺で額に汗を流していた。

美喜は洋一を振り返った。彼女と目があった。麻奈もこちらを見ていた。粗い灯りに照らされた彼女らの表情、その存在自体が、限りなく生々しく、強烈で、それでいて儚く、その滅びを眼前にした者たちの美は洋一の心を打ちのめした。

洋一は階段を駆け降り、二人のもとへと暗闇の中を走った。砂に足をとられて、何度も彼は転んだ。冷たい空気が彼の肌を刺した。美喜と麻奈は彼を待っていてくれた。洋一が彼女らに追いつくと、彼女らはそれぞれ彼の手を握った。そして、彼ら三人は手をとりあって、並んで海辺へと歩いていった。

すぐに灯りは届かなくなった。三人の浜辺は暗闇だった。潮騒だけがそこにあった。

その時、長いこと雲に隠れていた月が現れ、微弱な月光が辺りを照らした。前方の海はその光を受け、きらきらと輝いて見えた。波が押し寄せ、その波の蠢《うごめ》きがざわめきと無限の光の反射を生んでいた。それが世界そのものだった。

三人の足元には波が打ち寄せていた。いつのまにかそんなに近付いていていた。

「気をつけないと濡れちゃうよ」

洋一はそう二人に注意した。

「分かってるよ」

と麻奈は一歩引いて波をかわした。洋一の足を波がさらう。注意した本人が足を濡らしてしまった。美喜がそれを見て笑った。洋一の靴の中に入った水はひどく冷たかった。

「あなたって、馬鹿ね」

美喜はそう夜闇の中で言った。月光が彼女の美しい横顔を照らしていた。夜明けが近付いていた。

波は人の存在には構わずに押し寄せてくる。そして、ひいていく。美喜の足も濡れていた。麻奈も一歩前に出て、足を濡らした。

「本当に冷たいね」

麻奈はそう呟《つぶや》くと、髪を後ろで束ねた。洋一は姉の綺麗なうなじを見て、バスルームで彼女と交わったことを思い出した。姉は綺麗だった。美喜と同じくらい綺麗だ、と彼は思った。しかし、美喜を愛する資格も姉を愛する資格も自分にはないのだ、という思いが彼に再度到来し、心の中で彼は自責するのだった。彼の中には和田がいた。自分は和田の共犯者、和田の徒党なのだ、と彼は思った。愛される資格はもとより、愛する資格すら欠如しているのだ……。俺はここにいてはいけない、と彼は唇を噛んだ。しかし、彼の不在はより残酷なことになるだろう。

二人の女たちは洋一の傍らに寄って、彼に腕を絡め、彼の肩に頭を置いた。女たちは良い香りがした。しかし、彼女たちの心は砕け、その空洞には破片が散らばっていた。

「もううんざりだよ」

美喜はそう白い息を吐いた。

「うん……」

と返事をして麻奈は震えた。洋一はどうして良いか分からなかった。二人を抱き締めたかった。だが、どうしてだかそう出来なかった。潮風が吹きつけていた。

美喜は徐《おもむ》ろにコートのポケットから銃を取り出した。和田を殺した銃だった。弾はまだこめられている。そして、彼女は洋一から身体を離すと銃口を洋一の額にあてた。

「バン」

と彼女は撃つ振りをして、笑った。

本当に美しい笑顔だった。洋一は彼女がその瞬間彼を殺したとしても決して彼女を恨みはしなかっただろう。殺して欲しかった。殺されるべきだと思った。しかし、彼女は撃ってはくれなかった。代わりに彼女はコートを脱ぎ、それを海に投げ捨てた。波がそれを拾い、海辺に漂わせた。

真っ白なワンピースを着た美喜は闇に映えて見えた。ノースリーブだったのでとても寒そうだった。冬の闇の中、真っ白な花が風に揺らされていた。とても美しい花なのに今にもへし折られてしまいそうだった。

美喜は短銃を洋一に差し出し、そして、

「この銃で私を殺して」

と言った。洋一は後ずさりした。麻奈の腕が洋一の腕から外れた。

「愛しているなら、この銃で私を殺して……」

美喜は真剣だった。彼女の瞳は潤み、その頬《ほお》に涙が伝った。

「出来ないですよ……」

そう言いながら、洋一はもう一歩後退した。激しい波の音が辺りを満たしていた。

美喜の涙を見て、麻奈も涙した。悲しみは感染する。それに彼女らはその悲しみや落胆、恐怖や脅え、希求や絶望を共有していたのだ。麻奈もコートから自分の短銃を取り出し、コートを脱ぎ捨てると、洋一に銃を突き出し、

「私も殺して」

と言った。

洋一はその場にがくりと跪《ひざまず》き、頭を垂れた。

「できないよお……」

彼は灰色の砂を握った。その両腕を冷たい波が洗った。

「お願い、死ぬのなら、二人一緒で死にたいの」と麻奈。

「なんでだよお、できるわけないじゃないか……」

洋一は何度も砂浜を打《ぶ》った。彼は、死ぬべきなのは彼女らではなく、自分だ、と考えていた。彼は声をあげて泣いた。すると、美喜も麻奈も跪いて彼を抱いた。彼女たちの柔らかい肌の温もりが伝わってきた。甘い香りがした。二人ともか細く白い息を吐いていた。辛いのだ。この激寒の世界に、非情な世界に生きるのが辛いのだ。二本の花は萎《しお》れかけていた。誰かがその花を根元から切り取ってしまっていたのだ。花瓶にさされては長くは生きられない。洋一は嗚咽《おえつ》した。ごめんよお、ごめんよお、と呟きつつ……。

二人の女は洋一の両手に銃を握らせた。そして、海辺にへたりこんだ。塩水が彼女らの

下半身を洗った。

「お願い、同時にやって」

と二人はユニゾンで頼んだ。そして、彼女らはキスをした。長いこと、彼女らはキスをしていた。美しい接吻だった。夜明けが迫っていた。彼女らは互いの唇を貪り、抱き締め合い、洋一の銃弾を待った。否、彼女らは彼女らを死に至らせる銃弾のことなどは考えてはいなかった。抱擁、その祈りのような抱擁に我を忘れていた。その至福の慰めが彼女たちの全宇宙なのだった。そこで終われれば良かった。

洋一はその美しい女たちの抱擁を眼前に苦悩した。

死ぬべきなのは俺だ！　彼女たちじゃない！　死ぬべきなのは俺なんだ……。

人は世界に放り込まれる。そして、抗《あらが》いようのない運命に翻弄《ほんろう》される。その人生という迷宮から逃れるには、死、しかないのだろうか。運命は不可避で、悲劇的なそれに足をとられたら救済はありえないのだろうか。トラウマは忘れ去ることによって解消されるかもしれない。ならば忘却の中へと沈むこと自体が救いなのだろうか。彼女たちの愛や苦悩はすべて無意味なのだろうか。この運命は無なのだろうか。そうだとしたら、何故にこんな苦悩に満ちた無があるのだろうか……。

洋一はすくと立ち上がり、美喜と麻奈の愛し合う影を見た。

そして、ゆっくりと撃鉄をあげた。

マーガレットと選択

2004年3月15日　初版第1刷発行

著　者　ケイ・サコヤマ
発行者　瓜谷 綱延
発行所　株式会社文芸社
〒160-0022　東京都新宿区新宿1－10－1
電話　03-5369-3060（編集）
03-5369-2299（販売）

印刷所　株式会社エーヴィスシステムズ

ISBN4-8355-7154-1 C0093